前夏之象

L'éléphant de l'été dernier

周丹穎 著

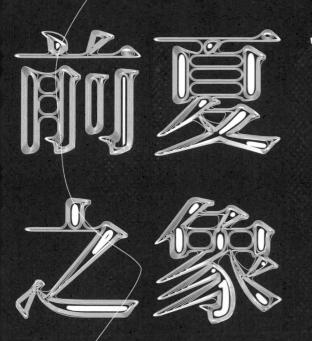

目錄

【自序】

文學少女的憤怒與眼淚

重出絕版少作《前夏之象》（二〇〇三），最初其實是一場意外。焚膏繼晷的忙碌生活中，我心裡那個文學少女有一天忽然被惹毛了，久違的憤怒引發一陣急雨，野獸在雨滂裡狂奔了一陣（然後各自洗洗睡了）。事情本來到此也無甚可記之處，然而雨後某日，珊珊主編站在彩虹的另一端，靜靜地、低調地拉出與時間賽跑的五彩布條：隔著鍵盤和螢幕，我彷彿看見她向我打了一個祕密的手勢，我其實還沒讀懂這手語，就不假思索地往終點線衝了——原來那個暴衝的少女一直都在，無論怎麼隨著時間變形。

少女對純淨十分執著，文學少女尤是。年少時正如張愛玲所說，是「先讀到愛情小說，後知道愛」、「對於生活的體驗往往是第二輪的」，因而極脆弱、極易毀滅，但同時也拿得出與整個現實世界賭氣的姿態，書寫、對抗，頑強地在文字中想像、重建、混搭，不管是不是「借助於人為的戲劇」，莽莽撞撞地，竟也蓄積了不少超譯愛情、人生以及文學的烈火能量。

這十二篇小說的創作始末，我至今還回想得起一些片段。多年後仍有讀者會跟我提及的〈前夏之象〉（二〇〇一），其原始文學獸性，乃是因那年夏天讀到的一句馬克白夫人的台詞而噴發：

Come, you spirits
That tend on mortal thoughts, unsex me here,
And fill me from the crown to the toe top-full
Of direst cruelty.

至於為何轉譯這「被極致殘酷，從頭頂到腳趾，充盈的滋味」到小葉的故事上，不得不提起一封學妹寄到法國的手寫信（是的，初到法國留學的那幾年，還有這樣扣人心弦的讀信時光）。小葉那句鬼魅般的「不甜了，我再也不甜了」，正在那封信的某處，讓我深受震動。那些年，我們都聽陳珊妮，《肥胖者的悲哀》（一九九九）哼一哼，小葉如何割下象牙、剝下象皮、取出一件件巨大包油的內臟，便如在目前，只是更為暴烈。

少作與我的種種文學啟蒙，恐怕可以再講一千零一夜，「然而通篇『我我我』的身邊文學是要挨罵的」（張愛玲〈童言無忌〉，一九四四）。在挨罵之前，且讓我迅速超譯布朗修筆下令我難忘且著迷的文學場景：

> Elle s'était endormie, le visage mouillé de larmes. Sa jeunesse, loin d'en être abîmée, paraissait resplendissante : il faut être très jeune et bien portante pour supporter une telle abondance de larmes.
>
> ——Maurice Blanchot, *L'arrêt de mort* (1948).

敘事者「我」臨終的友人J.，在對抗死亡時奇異的青春容貌，此處是由睡夢中殘留滿面的淚痕側寫出來的：「她的青春分毫無損，反而更加煥發，因為必須非常年輕和健康，才禁得起如此洶湧的眼淚」。在讀到這段文字前一、兩年，我曾在〈鎮魂〉中寫下：「夜幕垂落，慈悲地蓋起小碧喪服似的臉色。我聽見她哭了，無可奈何的淚流成河，沒有特定接收者，我不知道她還要哭多久，也許就這麼一直下去，也許一會兒就不哭了……」少女在「轉大人」之前，曾有過多少的淚流成河，那是直面毀滅的青春，那是一去不回的天真，我且以新版《前夏之象》紀念之。

二〇一七年十一月二／三日於巴黎

前夏之象

前一個夏天她親手開槍射殺了她養在閣樓裡的一頭大象，血肉濺得她一頭一臉。她割下象牙、豎在客廳，不知是為了悼念還是怎地，每當她躺進沙發，赤裸的背摩擦著粗糙厚硬的象皮，視線便會落在那對象牙尖端。隨著不同男人的挺進呻吟，她一一回憶肢解那頭大象的片段觸感：**被極致殘酷，從頭頂到腳趾，充盈的滋味。**

印度薰香扭腰攀上蠟染棉帳，暈黃黃微光下，男人提了一木桶水來，輕輕用海綿擦著她泛血絲的背。

「不懂妳為什麼堅持待在沙發，床看起來舒服多了。」他從矮床上拾了一個印花軟墊，讓她坐在上頭。
「現在才問，不嫌遲嗎？」她露齒一笑，彎腰盤起長髮，用皮繩固定成一個髻。
男人有些窘，吻吻她的肩膀，一眼迷迷離離。
「摸摸看，猜，這是什麼。」她領著他的手，沿著她的小腿一路滑下鋪在沙發上的象皮。
「從非洲帶回來的紀念品？」男人不太認真地摸著，不一會兒手指又爬上她的小腿。
「曾經我有一頭大象，在這閣樓裡。」
「真的？」男人應著，並不真的聽進耳裡。
「從一頭小象長成一頭大象。」
「什麼品種呢？」男人用手心托起她的乳房。
「我不知道，不過很久以前傳進中國的。」
「不是所有人都像妳一樣，能有一頭大象。」男人用拇指輕輕搓揉著她的乳尖。

「嗯，是啊。」

「什麼顏色的？」男人將她抱到自己腿上，啃咬著她的耳垂。

「灰色，跟所有大象一樣，沒有不同。」

「個性好嗎？」男人用舌頭舔洗她的耳朵。

「剛開始牠太活潑……」

「然後呢？」男人在她耳邊輕輕吹氣。

「牠的體重一天天增加，就一動也不動了。」

「這麼小的閣樓，難怪牠動不了。」男人濁重地喘息著，手指向下探去。

「你不想知道後來發生什麼事嗎？」

「後來呢？」他問，一面將她推進沙發。

「後來有一天，我開槍解決了牠。」

男人抬起頭，端詳著她的眼睛，想檢驗故事的真實性。她對他微微一笑。

「然後，所以，我們才能躺在牠的皮上，沒日沒夜地做著。我在想，到底哪一天牠的皮才會被磨爛？或者，是我背上的皮先被磨爛。」

她不疾不徐地說著，眼底一束膠著的光讓男人發現她所言為真。男人虛軟地垂下，暗自驚怪自己何以在一分鐘前覺得她迷人。

「走的時候記得帶上門。再見。」她斜躺在象皮上，繼續保持著那一朵迷迷濛濛的微笑。

她的男人們叫她小葉，這稱呼哪裡來的已不可考。唯一可以確定的是跟她真正的名字一點關係也沒有，還有，女人們不曾這麼稱呼她。小葉自我調侃地說過，這稱呼像是印在酒店花名冊上，供人點名帶出場用的。

這是她的口吻沒錯。在她射殺了她心愛的大象後，她講話總帶著那麼絲酸味。**不甜了，我再也不甜了**。她曾經寫信告訴我，並附上錄影帶一卷，側標「大象逝世一周年紀念專輯」。**血淋淋的寫實風格，喜歡嗎**？我看著不同的男人們一邊撫摸她的身體，一邊聽她說著大象的故事，起初一個個都不當回事，只想著她的身體，到後來發覺小葉眼底那麼一抹接近瘋狂的認真，讓他們嚇得趕緊穿上衣服走人。自以為有教養一些的還會編些藉口，小葉只一逕笑著聽，眼神很遙遠；愛乾淨一些的走前不忘洗手，歹毒的小葉會補上一句：**那肥皂，用象油做的**。

不三不四。你瞧，我說話是不是又難聽了些？

隔著一紙信，我可以想像她斜眼淺笑的模樣。披散著頭髮，不知何時學會的放浪姿態，不時連著她的話悠悠浮出我腦海，讓我怔怔發起愣來，間歇地心慌，不知所措。

我研究所畢業以後，留在系裡當助教，計畫存些錢再和德齡一起出國念書。德齡和我從大一就是班對，大學四年，兵役兩年，研究所再兩年，雙方家長就等著我們兩個自己講定，好著手準備婚禮。然而我不知道自己怎麼搞的，求婚的話就是說不出口。德齡常常在談話的空隙間靜靜望著我，等待我說些什麼，我卻只能顧左右而言他。有一回，我胡亂抓了小葉當話題。

「……大學部今年有個新生很特別。」

「特別？」從德齡的語調聽來，她並不特別想知道。當然，我沒有忽略她聲音裡的失望成分。

「嗯，今天我在系辦，有個髮辮很長的大一學生來拿選課本。」

「然後呢？」

「就這樣啊。髮辮長到快能拖地了，很誇張。」

「喔。」

「妳竟然能夠容忍我乏味的言談這麼多年。德齡，妳太偉大了。」我故意用一種文藝腔朗誦著，逗她笑了。

「呆子！」她忍住笑，咒道，晶亮亮的眼睛讓我忍不住公然在麵攤吻起她來。

「助教，拜託，這是學校附近，你們系上的學生隨時可能看見哎！」德齡不好意思地推開我，四下張望。麵攤老闆、老闆娘分明看見了，卻假裝專注地切著豬肝、豬耳朵。

這樣無意義的對話在我跟德齡之間不斷重複，為何我獨獨記得這一天我說過什麼呢？很久以後我才發現，這段記憶的主角是小葉，和她的長髮辮。

那一年小葉十八歲，高高在後腦勺紮著一條長髮辮。中午休息時間，系辦只有我在。拿選課本給她的時候，我問她高中難道沒有髮禁。她靦腆地說：**我跟教官解釋，這是為了紀念我過世的曾祖母。從小她為我編髮辮，我在她靈前發誓不剪的。**

小葉的語氣太過誠懇，讓我不禁懷疑她是個編故事的高手，然而我禮貌地沒有追問下去。她接過選課本，沉默了幾秒，對我說：

「你為什麼不相信我？」

我暗暗一驚，然而在表皮上還是掛出了「歷經歲月磨練後的圓融神態」，說：

「我沒有這樣想啊。」一邊扯出溫和的笑容。

「你沒有必要這樣的，助教。」

我竟聽不出這句話是指摘還是諒解，因為她的語氣那麼甜美。**早熟的甜美**。這麼多年了我還是找不出更好的形容詞來形容十八歲的小葉。那句話彷彿是對我說：**我能體會，時間待你不好，讓你不得不照它所教你的回答**。

我感覺被撫慰，在德齡身邊，我從來沒有這種感覺，一種為料峭春風拂面的感覺，凜冽、犀利，卻暗浮著甜甜的花香。我姑且這麼形容。

再過兩天，我來法國念書就滿三年了。

九月，天黑得比盛夏早，德齡去外省找朋友還沒回來，我躺在床上，將書擱在一旁，倒看著漸漸暗沉的天空，鄰居們收拾杯盤的聲音迴盪在中庭，我才記起自己忘了吃晚餐，冰箱裡什麼也沒有。德齡從拿了孩子之後，便對我不理不睬的，她仍是不能諒解我的決定。

我們還是沒有結婚，帶著雙方家長不太贊同的眼光，我們按照原訂計畫來法國留學。臨行前德齡哭過一兩次，質問我是不是根本不愛她，所以遲遲不肯提婚事。**如果是這樣，不如趁早告訴我**。她抽抽噎噎地說。我無言以對，只能抱抱她，否認，然後說希望她一起來，我只是希望兩個人都能先完成學業再談婚事……諸如此類的話。當然這三年間結婚這檔事仍不時被提起，但德齡不算太堅持，她只是需要我證明對她的在乎，所以總不了了之。直到今年年初，她意外地懷了我的孩子，婚事才又被重提。經思考過後，我告訴她我希望這件事不要讓家裡知道，我會陪她到醫院拿掉孩子。她哭得很慘，將家裡能摔的東西全往我身上砸了。我冷眼地看著這一切，忽然發現自己抽離出現場，靈魂奔向另一個時空：小葉止不住的眼淚，怨憤地瞅著我。

說我不曾渴望過小葉，那是騙人的。

從第一眼見到她，我便幻想著能鬆開她的髮辮，將她壓在課桌椅上，蹂躪她那種甜美的氣息。**讓她成為我的**，只有我能夠獨享，讓她只能等待我的眷顧，而不能凌駕我、拆穿我、同情我。

我以為這些「邪惡」的念頭不曾存在過，然而當德齡將檯燈往我身上砸的瞬間，我同時看到了小葉，在我面前將頭髮胡亂剪了一地，她哭著說：**我被你毀了**，**毀——了**。

當時我同樣冷眼看著，同樣覺得與我**無關**。這種想法很可恥，該被伐撻，但我卻覺得無比平靜，彷彿站在山岡上遙望著喧擾的人間。她們流淚控訴、懇求，全與我無關。

與我有關的場景，是某一天午休時刻，系辦公室裡。

我反鎖辦公室門，拉上插拴，怕同事提早回來，捲下百葉窗，將小葉抱到我桌上，鬆開她的髮辮，重重地吻她。那一刻我意識到我等待了如此久，她回應著我，我無法按捺，剝起她的衣服。

「慢點……我……我沒有經驗。」小葉低低地說，幾個月來，她寫給我的情詩中的遣詞用句讓我錯估了這一點，我雖然驚訝，卻更興奮了。

開口既小又緊，我試了好一陣子，才完全進去。小葉摀著嘴怕讓人聽見她叫痛，我回想起八年前我和德齡，似乎順利得多，據稱她也是第一次，我不禁有些懷疑。

我一動小葉的腿便緊緊夾住我的腰，讓我有點煩躁，嘴裡無意識地說著哄她的話，假意保證我不動。這根本是不可能的。我又開始神遊，這八年間我當然也不只有德齡一個床伴，重點是沒有一個像小葉這麼難搞的。

「你好殘忍。」完事後小葉抹著眼淚說，頭髮凌亂，甜美的氣息不見了。我感到一絲快意，對於她的指控，我在心裡默認，手卻拉著她的，細心呵護的樣子。

「我喜歡妳寫給我的情詩。」我和煦地笑著，享受勝利的暢快。當我渴望她，我從屬於她，必須討她歡心、計較言語；現在情勢逆轉，由我施捨。我輕快地讚許她寫的情詩，不感覺任何負累。

「真的？」

「真的。」我突然在她身上嗅到了某種與德齡相類的氣息。

小葉比德齡聰明，或許因為這樣，她比較不幸。

在樓下小咖啡店等待三明治和啤酒送來的時候，這句話蹦彈至我空白的思緒上。

我仔細思考這句話背後的意思。小葉比德齡聰明：她一早便看穿了我，看穿我深藏的渴望，然而她太單純，她的情詩字字勾惹著我，卻不明白被勾惹起的不是她期待的高尚情感，是純然的慾望。

我渴望穿透信箋，抓住她，讓她無法飛升，讓她在我身體下，喘息呻吟。

那一陣子小葉天天在午休時間來系辦找我。她知道我其他時間必須分給德齡，她其實不在乎，因為她聰明，她知道自己比德齡要吸引我的目光，她知道我迷戀她的身體，歡娛，我滿足地在她身上發洩。

德齡從頭到尾都不知道我和小葉的事，我們每天晚上仍是手拉手去學校附近的麵攤吃飯。德齡的身分確鑿，大大方方地將我們的關係展示給系上學生看。看著她向他們打招呼的神態，有時候會讓我倒盡胃口：為什麼她從來沒發現我遲遲不肯向她求婚的真正原因呢？

小葉太聰明，小葉知道，她很快地又再次看穿了我。

「先生，您介意我跟您同桌嗎？」

一個女人的問句讓我回神過來。咖啡店越晚人越多，我微笑，挪了挪自己的椅子和書，分一半桌子給她。

她點了一杯咖啡，打開皮包，摸出菸和打火機，一邊點菸一邊問我：

「這不妨礙您吧？」

我搖搖頭，隔著一張桌子的距離打量她，深色短髮、褐色眼珠，腮幫的線條很細緻，民族風長絲巾，鬆垮垂肩的針織衫，描出沒穿內衣的胸形，皮短裙，我確定，她穿的是吊帶襪，在她疊起雙腿的瞬間我隱約看到了深色的蕾絲邊，騷動，我拿起啤酒杯，掩飾地啜飲。

「您是學生嗎？」她眼神瞟過我的書，我知道她也悄悄地打量我。

「是啊。」

之後開展的對話一點也不重要，它們唯一的目的是導向：

「我就住在樓上，您願意來喝杯咖啡嗎？」我問。

抱一個洋娃娃的感覺很不一樣，她們放肆得多，歷練，明白自己的身體是生來享樂用的。

我解開她的吊帶襪，將她的皮裙推到腰間，在我伸手到床頭櫃拿保險套的當兒，她已經把我的襯衫給脫下了。我一面挺進，一面撩起她的針織衫，她抬起雙臂讓它們順利滑出袖子，褪至頸間，蒙住她的唇、她的鼻、她的眼，她隔著纖維空隙喘息，我看不見她的臉，她的存在只剩下一個柔軟的洞，像個婊子，對，就是這種感覺，婊子、婊子、婊子。

我不知道她的名字，我嘶吼、咒罵、加速、攀升、完美的婊子，啊。

完美的婊子，從今後我只要當個完美的婊子。

從蓮蓬頭傾洩而下的水柱煞止，我吻吻身前的洋娃娃，伸手到浴簾外拿德齡的浴袍讓她穿上。濕髮黏貼，一條條小河流進浴袍，她不甘處於被動狀態，跳到我身上，雙腿圈住我，抱著我的頸子吻我，輕輕啃咬。我抱她出浴槽，放下馬桶蓋，讓她坐在我身上，又做了一回。

「我餓了，能吃些東西再走嗎？」她坐上流理台，浴袍內一絲不掛，腰間只鬆鬆地打了個結，不像德齡，兩襟交疊，死結，乏味，十年多來她的身體我明明都摸遍了，洗完澡仍得防衛。

「冰箱裡什麼也沒有。」我摸摸她的臉，撿起她的衣服。她一邊套著上衣，我一邊替她穿上吊帶襪，扣住。

「你朋友去哪裡了？」她拉上皮裙。

「去外省找朋友。」我將絲巾遞給她，說：「我們去對街投販賣機？」

「好。」

「我有一頭大象，在我的小閣樓裡。」盛夏，蟬躲在葉片間奮力嘶吼。小葉躺在我的辦公桌上，手指微微撩開閉合的百葉窗。

「別這樣。」我急忙將她的手拉開，光從縫隙篩進了一秒，滑過她的臉龐，幽暗的冷氣房隔離夏天。

「剛開始牠很活潑，對每個角落都充滿好奇，後來牠越來越胖，塞滿我的閣樓，不能動了。」語氣幽幽，我忙著看時間，整理桌子，並沒注意聽她的故事。

「你在聽嗎？」她輕輕問。

「嗯。」

「我老了，養不動牠了。」她抬起腰，讓我把文件從她身下抽出來，有點皺，我將它擺進資料夾，用大部頭的書壓著。

「十八歲的小女生最愛說自己老了。」午休時間快結束了，小葉看起來還沒打算離開的意思，我只好動手幫她把衣服穿好。

「……是啊。」她坐起來，慢慢地編著髮辮，問：「你跟學姊什麼時候去法國？」

「暑假過後。」

「真快……。」她虛弱地笑了笑，說：「那麼，我這幾天期末考考完，能再見你嗎？」

「恐怕不行。」我放柔聲音解釋：「我和德齡有很多東西得準備，文件翻譯、簽證什麼的也很麻煩。」

小葉猶豫了一陣後，問道：

「……你明明不愛她，為什麼硬要把兩個人綁在一起？」

我對這個問句充滿厭惡，臉色一沉，說：

「妳不懂，不要裝懂。」

小葉的眼淚猛烈卻寂靜地掉下來，她緩緩對我說：

「你待我像個婊子。……可惜寫詩的婊子，不夠完美。」

深夜的街道迷濛著濃重的露水，她攏緊我借她的外套，跟在我身後，高跟鞋踏出與我一致的節拍。

「巧克力？還是洋芋片？」我掏出口袋的零錢，問她。

「巧克力，謝謝。」

我買了兩條，和她坐在街旁的長凳吃了起來，我也餓了。

「沒地鐵了，要我幫妳叫部計程車嗎？」我問，口氣過於平和，出乎我自己意料。

「不必。不遠，我自己走回家就行。」她將最後一口巧克力塞進嘴裡，舔舔手指，這動作迷人得令我傾身舔去她嘴角的巧克力屑。

「妳真迷人。」我低語出我的讚美。

「謝謝。」她回頭吻了吻我，看著我的眼睛，說：「你也是。」

我將雙手伸進我借她的外套，摟住她溫熱的腰，是不是捨不得她走，我也不知道。

「我再不走，天就要亮了。」她微笑，脫下我的外套，親親我的臉頰，踏著高跟鞋消失在夜色裡。

我朝牠額心開了六槍，牠才緩緩倒下，血肉濺滿我一頭一臉。我冷冷地，聽著牠垂死的喘息，等待牠嚥氣的那一刻到來。盛夏，我的腳趾、手指卻凍得發白，不是恐懼，不是憐憫，什麼都不是，我很清醒，清醒得感應不到任何情緒，這是我平生第一次，情感服貼，文風不動，極致的平靜，或者說，極致的殘酷。

我切開牠的肉，看著，我曾花費了多少心血養這些肉，巨大包油的內臟，一件件被我取出，分袋，割下象牙、剝下象皮，不願意再看小葉那張被子彈打爛的臉。

完美的婊子，從今後我只要當個完美的婊子。

我剛睡下，小葉便在我夢裡朗誦起去年夏天她寫給我的信，那時我在信箱前看完信後，覺得渾身不舒服，馬上就將它扔進了回收桶，沒想到在夢裡它又一字不漏，像副歌一樣反覆播送。我嚇醒的時候，時鐘指著凌晨五點五十五分。

我坐在床上，回想信的內容，有個環節出了錯，我說不上來，只覺得有點怪異。

不願意再看小葉那張被子彈打爛的臉。

小葉那張被子彈打爛的臉。

小葉。

德齡回來的時候，發現我哭得洶湧。她不明所以，只是靜靜地坐到床邊，讓我將臉埋進她腹間，用手指輕輕爬梳我的髮。

「……想談談怎麼回事嗎？」我恢復平靜之後，德齡問，搭夜車回來的她臉上帶著一絲疲憊。

我搖搖頭，表示還不是時候。我像個孩子似地環住她的腰，模糊不清地問：

「怎麼連夜趕回來，不搭白天的快車？」

「怕你找不到東西吃，餓肚子睡覺，想趕回來弄點早餐。」德齡摸著我青刺刺的鬍渣，溫柔地說。

「妳不氣我了嗎？」我輕輕問。

「十二年的感情，還能氣什麼呢？」

「我是個混蛋。德齡，妳太偉大了。」我緊緊摟住她，說。

出國前我最後一次見小葉，是在去在台協會拿簽證之後的空檔。德齡頭痛，沒一起跟來，要我順便幫她拿。

我打小葉的手機，她在學校上課，一看到是我的號碼，顧不得同學與老師的側目，連忙收拾書包從後門跑出教室。我在旅館等她，她一進門，我便將她壓在門上，只來得及褪下她的底褲。她默默地承受我的慾望，不吭一聲，那時我覺得她像木偶一樣無趣，草草了事。

「怎麼了？不高興見到我嗎？妳不是一直說在我走前要見上一面的嗎？」我看著她拉上自己的底褲，沒有費神擦拭我的精液，一股惡意油然而生，我意識到自己語氣的刻薄。

她背對我坐著，書包垂在她腳邊，仍是不發一言。

「別跟我說妳要哭了，我最受不了眼淚，尤其是小女孩的眼淚。」我拉拉她的頭髮說，看不見她的表情。

一瞬間小葉開始嘔吐，彎著腰，把什麼都吐了出來，酸水和著稀爛的食物，撒了一地。她邊吐邊哭，抄起書包將自己鎖進浴室，她扭開了水龍頭，我聽不見她哭的聲音，我不停敲著門，剎那間又怕又慌，一方面擔心她在裡頭做出什麼傻事，另一方面又擔心這樣鬧下去，我和她的事會曝光，這樣一來，不但出國的事會受到干擾，以後回國想繼續在學校教書，恐怕都有問題……幾分鐘內我的腦筋高速運轉，模擬出各種可能性，然而我的擔憂並未成真，小葉自己開了門，淚眼滂沱，拿著一把小剪，在我面前將頭髮胡亂剪了一地。

我被你毀了，毀—了。

她聲嘶力竭地喊，我比誰都清楚，這控訴代表的意義，然而可怕的是，我並不覺得我做錯了什麼。

赴法三周年紀念日，我跟德齡求了婚，場景在樓下小咖啡店。我用紙杯墊在桌下悄悄做了一個特大號戒指，聊著聊著趁她不注意套進她所有指頭，滑稽荒謬。她僵在當場，沒料到等了那麼多年的一刻突然打了她一鞭。鄰桌的太太瞥見了，用手肘頂頂她先生，兩人屏息注目，弄得整間咖啡店的客人也一頭熱。德齡的臉紅透了，輕輕地點了個頭。眾人瘋狂鼓掌叫好，店老闆端出了心形招牌黑櫻桃派，發表祝福演說，隆重地將派頒給了我們。

家人堅持我們回國完婚，一切進展迅速。一星期後德齡奉命先回去試婚紗，我搭晚幾天的班機，所有人都開心，我卻忽然感覺寂寞而絕望。

大象逝世一周年紀念專輯，我將它藏在儲藏室的皮箱裡。德齡回國之後，我又拿出來看，粗糙的畫面，小葉恣意開展的身體。

在我離開後的兩年間，她試著恢復「正常」的生活，像同學一樣談「正常」的感情，交「正常」的同齡男友，然而她總容易發倦。**腐壞了**。她說，**內裡腐壞了，怎麼正常得起來**？

當她放棄了「正常」的堅持，她發現內裡腐壞的氣味遮也遮不住，不停吸引各色各樣的狂蜂浪蝶。一開始她還寫著情詩，她在給我的信裡提到：**我感覺復活了，遏止不住想寫詩的衝動**。**替我高興吧，我發現我不那麼怨你了**。隔著大洋，我彷彿又嗅到了初見她時暗浮的甜味，然而一個接著一個，和我大同小異的男人犁過她身體後，她開始說小葉這個稱呼真是好，花名冊上點播率第一高，然後向我敘述，她肢解她心愛大象的經過，大象名叫小葉，不知是牠跟起了她的名，還是她跟起了牠的。

我閉上眼睛，等待班機起飛。草坪上曾經有許多小灰兔，繁衍迅速，新聞畫面上機場工作人員拎起其中一隻的長耳，記者從畫面外轉述附近鄰居稱讚牠們肉質鮮美，好方法，撲殺了就浪費了，新聞主旨為此。這一刻我耳邊卻彷彿聽見小葉的嘆息：**草坪上有那麼多小灰兔，不好嗎？**

當然小葉從來沒對我說過這句話。三年來除了信和那捲錄影帶，我完全置身於她的人生之外。偶爾我是會感覺那麼一絲罪惡，但日子被其他更重要的事填滿了，我的懺悔短暫得不足以代表什麼。此外，忙於寫論文，我甚至沒有時間回信給她。

坐在我身邊的女人幽幽地嘆了口氣，自言自語道：

「為什麼都不見了呢？」

「您指的是草坪上的兔子嗎？」我問。

她的眼睛閃爍起來，我的答案正確。

「……您也是飛台北嗎？」她問。

「是啊，真長的旅程，不是嗎？」

「這是我的名片，……我會在那兒待一個星期。」她紅豔豔的指甲似有若無擦過我的指尖。
我笑了，溫度精準。

等待輕飄狀態

我迷走在一條條歧出的甬道裡，巨大氣壓緊貼在我全身的皮膚上。我感覺我凸起的眼球介於蹦彈而出的臨界點，好難受。我扶著濕軟的壁一步一步走，也不知該去哪裡。漆黑甬道沒有終點，也沒有起點，黏膩膩的空氣將一切緊緊包裹起來，連某種不間斷的節奏也被裹得模糊難辨。每一秒鐘我都覺得自己快要死了，但腳卻憑著自由意志繼續前進。我已經沒有辦法控制它們了，我好累，這種苦刑像是無窮無盡，空氣要是再濃密一些，一些些就好，我就能解脫了。

其實我已經弄不清楚自己是個人還是隻鬼魂。那一天，我忽然掉進了這個地方，從此一連串的折磨讓我喘不過氣來。這種半生半死、半人半鬼的日子讓我想要求饒、哭喊，卻找不到對象。

那一天，我因為沒睡好的緣故，一早起來就昏沉沉的。前夜我在電腦前打著小說的開頭，卻刪刪改改，不太順利，直到凌晨三點才躺上床，疲累的眼睛和大腦吸收了過多的輻射，在黑暗中旋轉起來。我想著隔天一早的必修課，一定得爬起床去學校，並且要拿給雯雯出版社剛寄來的我的小說集，中午再去書店逛逛，看看這本新書上架了沒有。陳編輯跟我說應該會擺在最顯眼的地方，封皮是挺吸引人的深藍色，我還放了一張小照片在摺邊上，作者介紹是雯雯幫我寫的，我應該儘快把書送給她。

一切跟平常沒有什麼不同：我頭痛欲裂地在七點半起床，匆匆忙忙梳洗，眼睛像是不甘願地被嵌在眼窩裡，被我帶著出門去。因為沒睡飽，所以在經過早餐店的時候，對煎漢堡碎肉的油煙感到噁心。我一點食慾也沒有，胃卻隱約開始作怪，它清清楚楚讓我感覺到它的位置，但我仍是不得不弓著背、揹著沉重的背包繼續往公車站走去。仔細回想起來，唯一稍有異狀的，或許是那悶悶的天氣……，不太尋常的冬日，太陽在清晨就詭異地籠罩濃濁的空氣，公車排放出來的黑煙讓我覺得肺葉像被三秒膠黏了起來。

之後來了一班匈牙利公車，最後一個空位被插隊的歐巴桑一屁股坐下去了，我掛在皮吊環上，在微弱的空調裡看著大片的、沒有開口的玻璃——上頭的小窗幾乎從來沒有人打開過，這麼些年下來也鏽得打不開了，我曾經試到肩膀快脫臼但沒成功。龜速公車緩緩爬行，我忍住頭痛與嘔吐的衝動，仰頭看公車詩好轉移注意力。我想等會兒我把書交給雯雯後僅存的精力就差不多耗光了，再加上這一堂課人山人海，我一定撐不了十分鐘便會在滯悶的空氣裡昏睡過去的。雯雯的筆記雖然做得很詳細，但我得花兩倍的時間去弄懂老師到底在講些什麼，新買的教材像是天書一樣。

於是我告誡自己下回不要再在星期天晚上寫小說，然而我總在短暫假期的末尾感到煩亂苦悶而必須書寫。這本小說就是在這樣的狀態下一點一滴寫成的，很難想像它們現在要見人了。我還稱不上什麼作家，卻不禁竊竊模擬起在書店被認出來的場景，被別人發現作者翻著自己的書似乎挺丟臉的，我得再想想中午應該怎麼辦。

到教室時我遲了十五分鐘，座位已經滿到了門口，我卻不能瀟灑地不進去聽課。我在窗外徘徊，看見教室中心還有一兩個空位，雯雯剛好坐在附近，我可以把書遞給她。接下來我一路低著頭說抱歉穿越人群鑽了進去，雯雯看向我，嘴唇動了動像是在說怎麼那麼晚到。我七手八腳在狹窄的位子上把書從背包拿出來，在裝著小說集的紙袋上寫：坐到烏龜車，我恨台北市長。傳給雯雯後我攤開筆記本，不一會兒我瞥見雯雯拿出紙袋裡的書，轉頭對我笑了一下，不過她瞄了一眼書皮就放進書包了。我知道她上課認真，但還是禁不住小小失望，如果她能夠馬上讀了起來，那麼我會稍稍覺得自己還有點價值。

之後我轉頭看著嘴巴一張一闔的老師，力不從心地想理解她在說些什麼，筆記本上卻開始出現一行行蛇行的字跡，上下相黏、左右歪斜。我用力捏自己的大腿和臉頰卻無法抓回我四散的魂魄，猛地我聽見咚的一聲，就這樣掉進了這個地方。

我常常想，如果，我只是在課堂上睡著了，在夢裡夢見了這樣的苦刑，那麼什麼時候下課鈴才會動人心魄地響起？我們的教室就在壁鈴旁邊，當它像催命咒一樣響起時我是不可能聽不見的，況且雯雯也會叫醒我一起去吃中飯。沒錯，當我太累的時候是有可能睡不安寧反倒更累，可是這一回卻像是醒不過來，彷彿把我多年來沒睡足的時數都補上了。我一向渴望能夠睡到自然醒的，然而這回我只想快點醒來，我覺得我餓了，再難吃的便當我都能吃光。

停電了嗎？還是雯雯有事先走了？

早上穿鞋時我跟媽媽說下午的課我不上了，要回家補眠。媽媽說今天下午她要出去，而妹妹的小學開母姊會，叫我幫她去聽聽老師說些什麼。我出門時臭著臉沒有答應也沒有拒絕，媽媽會再打手機問我吧？我進教室後還來不及把手機設成來電振動就睡著了，所以鈴聲隨時可能響起，這樣我有可能醒來了吧？

想到這我稍稍安心了一點，這樣奇怪的經歷我還是頭一次碰到，醒來後我一定要把它記在小筆記上，或許將來我可以寫一篇關於這件事的小說。我不是沒有想過，如果可能的話，畢業後就靠小說的版稅維生，但是如果我在畢業前寫不出漂亮名氣與銷售數字的話，我還是得乖乖地去找份工作，繼續一直以來在昏迷中早起出門的慘淡生活，唉，這種日子真不是人過的。

我感覺時間又流過了一大段路，我還是沒有醒。拖著蹣跚的步履，我思考起另一個可能：或許我已經不明不白地死亡了。

這也不是不可能。在那一天之前，我幾乎天天感到疲倦，卻總只能抓緊短暫的時間囫圇趴著睡一會兒，醒後常發現自己半身暫時麻痺，只能一動也不動等著知覺恢復，稍一不慎痠刺感便會從碰觸部位一路蔓延。有時候醒來左胸口也會悸痛，就像血液流不過狹窄的血管，只能一陣一陣地衝刺過去。這些我都沒有跟家人提起，因為在醫生沒有診斷之前一切都可以被認為是正常生理現象，我正在為我的未來奮鬥著，不願意太早被宣判死刑，所以一天拖過一天，直到在課堂上暴卒——**暴卒**。我還不知道別人對我的小說的評價呢，報紙上就給了我這麼一個小標題嗎？

我惆悵起來。

活著的時候，我知道自己什麼也不是，所以努力地販賣自己微薄的價值。當我看見一雙漂亮的眼睛，我馬上將迷戀製成肥料，注入苦悶後加工售出。我甚至沒有想過那雙眼睛有可能只與我相隔一縷氣息散逸的距離，我甚至只能憑空想像兩瓣誘人的唇如何甜軟如玫瑰，而我死後呢？值得報紙一天的小角落嗎？

我身邊的一張張臉孔，又會掛起多久的哀悼？

死了更什麼也不是了，不是嗎？

說不定連篇訃聞也沒有，這年代不時興這個。

有某種氣流吸納了我。

許久以來我第一次感覺到輕飄，滯重的四肢像被蒸發一般。我騰空浮起，歧路在身下錯綜，離我越來越遠，變成一條條交纏的漆黑細線，或許是誰聽見了我的哀哀呼告，讓「它」帶我到某個地方去。我閉上眼睛任自己飄颻如一面風裡的旗子，天堂或地獄都好，我不在乎。我感覺每一吋皮膚被清涼的氣流輕輕囓咬、吞沒，心跳加速，醒來後我是一隻蝴蝶？還是一尾海鰻？或是我不曾想過的形狀……？

我沒有太多機會細想，氣流突然旋轉起來，將我往上吸入一個透光的洞口。我失速彈出底層的黑暗，眼皮失守，飽滿的光線湧進我瞳孔。

長扁纖維壓成的白色天花板。

我看見了。

如乾癟白蚯蚓密密糾結的天花板，彷彿我伸出手指一摳，一條條蚯蚓會同時跌落，落滿我的被褥，在我身上蠕動。

被褥？身上？

「她醒了！」門口一個跟我差不多年紀的女孩驚呼，對同伴說：「快去通知她家人！」

「請問……」這是我的聲音嗎？怎麼會這麼低沉沙啞？

女孩們沒有理會我，又跑了出去。我於是靜靜地在床上等候。我猜想我是重回人世了，並沒有變成蝴蝶或者海鰻。老實說我有些失望，終點站一點也不特別，稍嫌老舊的醫院，我想我的小說結尾不能這麼寫。

沒過多久，我聽見一雙美麗高跟鞋踏出來的聲音。我聽得出它是雙美麗的鞋，細長後跟踩出的清脆聲響與臃腫低矮那種大大不同。我高中時演過舞女的角色，定裝前試了媽媽所有的高跟鞋。媽媽結婚穿的那雙紅色三吋高跟鞋在大理石地上踏出來的聲音就像這樣，而上了年紀後買的鞋就只能發出篤篤的厚重聲響。

我回憶起當時在燒燙燈下斜坐的姿態，一腳高跟鞋半掛在趾上，晃呀晃，為自己點一支菸。過氣舞女坐在舞場邊的獨白。我那時根本不會抽菸，練了很久導演所謂「被時間遺棄的顫抖」。可當我獨坐在光圈中時，嘴上是呢喃著我男人曾經迷戀我抽菸的慵懶，腦子卻只想著臉上的妝快融了，坐在觀眾席的媽媽跟妹妹會不會覺得我眼線畫壞了或是演得一點都不像。

高跟鞋的聲音停在我門口。我瞥了一眼，果然是一雙細長優雅的白鞋，搭配剪裁復古的細麻套裝。看來現在是夏天了，她在腋下夾了個乳白皮包，輕軟的白絲巾鬆鬆搭在頸間，一個三十多歲的女人，不錯，挺有品味的。我做了結論。

「妳好哇，今年夏天熱嗎？沒想到我病了那麼久。」我對她笑笑。

女人走到我床邊坐下，沉默了一會兒，回答：

「跟去年差不多……」她想想覺得不妥，彷彿不太能確定，所以又加上個「吧」字。

「找我有什麼事嗎？我應該不認識妳吧？」我想讓自己坐起來，好比較禮貌地聽她說話，卻無法如願。我猜她是出版社的人，或許從陳編輯手上接下我的進度，我病了一場，寫作計畫一定落後很多，她應該是來找我談這件事，消息真靈通！媽媽和妹妹都還沒來前她就先到了，看樣子我第一本書應該賣得不錯，有希望再跟他們合作了。

不過她沒馬上回答我，看來像是苦思著如何開口。我立刻思及另一種可能性，我緩緩開口，說：

「……是賣得不好，要解長約嗎？我之前因為要上課，所以並沒有太多時間寫稿，又病了一場，恐怕得延畢……不過，我下學期學分可以選少一點，這樣就能比較專心寫作了……」

她低下頭去，還是不講話。我心裡有些慌了，銷售數字真的那麼慘不忍睹嗎？

這樣是不是代表我寫的是沒人看的垃圾了？

「姊。那都是二十年前的事了。」她說。

我的妹妹。

我的妹妹住在飄浮於半空的上層街道，她現在是某國際電子時尚雜誌的總裁。我二十年前躺進的醫院在汙濁的下層，她絕少到這種低地來，所以她不知道夏天熱或不熱。在上層，她的皮膚從來不直接接觸空氣，所以她的套裝完美得不曾沾染一滴汗水，但到了下層來，醫院「惡劣」的空調讓她感到不舒服。

「姊，妳說話呀。」妹妹皺起眉，撫著套裝上的汗漬。

我沉默地綜合她告訴我的一切：媽媽死了，我的書跟著媽媽一起火化了，沒有人會再把文字印成浪費資源也占空間的書本。人們在網路上學習，也不必出門到學校去，占地的學校被重建作平價住宅。都市交通順暢無比，然而事實上大家很少出門，因為太陽過於毒辣而空氣過於骯髒。不過市容卻更加美麗，塑膠行道樹逼真而整齊，枝頭的花隨四季更換，必要時經過公民投票還可隨時更改。而目前時尚流行復古，媽媽年輕時的套裝價值不菲。

我的腦袋裝不下更多了，我輕撫著自己發皺的臉皮，手指禁不住顫抖。我知道妹妹不間斷地注意著時間，她公司的情報不停由掌中電腦傳來，但我仍是過了好一晌才開口道：

「……妳……高興見到我醒來嗎？」我凝視著妹妹。當年她還穿著小學運動服，剛發育的胸線微微浮起，她坐在我身邊板凳寫生字作業，一面看著我玩電腦遊戲。我用長姊的權威警告她到書桌去寫，她不樂意地拖著書包走開，之後每十分鐘像在魚缸旁流連的貓般躡足到電腦邊，小心翼翼地在我趕她前自動離開，而她現在卻成為一個優雅成熟的女人了。我從她的眼底看見自己蓬亂的頭髮與下垂的眼角，乾癢爬滿皮膚，一抓便生出一排排小紅疹子。

妹妹嘆了口氣，說：

「老實說，我幾乎忘記了妳還在。」

妹妹走後，我看著她給我的一張亮晶晶磁卡狀名片，上層陌生的路名讓我想起她臨走前的話。

「妳要來找我只要把這玩意兒帶著，然後搭開往上層的公車，到了自然會停。」妹妹又補充：「記得，要到上層得有證件。我等會兒叫祕書傳一張ＩＤ卡過來，妳再去跟那兩個小護士要，上面有指紋辨識處，她們沒辦法私吞的。」

我茫茫然點頭，事實上並不明白她在說些什麼，但我不想再讓妹妹用那種刻意咬字清晰的語氣來教育我了。

然後不知不覺上頭的白蚯蚓全都沉寂了下來，變成了清一色的黑。時間對我來說好像不再具有意義了？以前，以前我似乎很希望能有這麼一段「美好」的空白，可以不必記憶自己做了什麼事，然而我現在卻恐慌地重複「妹妹走了」這個訊息，「妹妹走了」，然後呢？然後呢？

「太太，晚餐，妳想開燈嗎？」小護士端著鐵餐盤問。這跟我記憶中的醫院沒有兩樣，為什麼妹妹卻告訴我外面的世界早就變了？這是一個玩笑嗎？妹妹或許還在電視前一邊看著卡通一邊寫著生字作業？那個女人根本就不是妹妹，不過是我太輕易相信她了？

「不要開燈。」我聽見自己的聲音：「……妳在這裡待很久了嗎？」

「久？我也不知道。」在微弱的光線中我看見她聳了聳肩。

「妳也不知道啊……那……妳記得我年輕一點的樣子嗎？」

「沒有什麼改變吧，太太。不過，妳的呼吸聲很深、很重。」這是她在記憶庫中搜尋出來的結果。

「對了，太太，妳的ＩＤ卡。」她從口袋掏出一張薄薄的卡，說：「我就放在這兒了。妳妹妹說，看妳什麼時候想出院了，就坐個車過去。」

「……妳去過上層嗎？」

「當然沒有。」

「喔。」我說：「上層……很好嗎？」除了使用「好」這個字，我已經不知道該怎麼問了。

「總比下層好！」她撇撇嘴說。

「這樣啊……」

然後不知不覺病房又恢復了之前的黑暗。我不清楚小護士什麼時候離開的，我可能有點恍惚，先沒了聲音，所以她就走了。

「護士走了」，然後呢？然後呢？

好安靜，這醫院好安靜，令我不敢相信的安靜。

我夢遊似地半滾下床，虛軟的雙腿一場，我的臉便貼上了冰冷的大理石地。不知又躺了多久，我才再試著讓自己站起來，然而我的手臂同樣綿軟，手指連將針頭拔出血管的力氣也沒有。我開始緩緩爬行，點滴架鏽了的輪子一吋吋拖過地磚，刮出刺耳的聲響。我大口大口喘氣，還差幾步我就能搆到房門。

然後呢？然後呢？

我望著房門，突然不明白我為什麼要將它打開。我彷彿感應到門外匍匐著一隻巨大的野獸，紅眼睛在暗夜裡閃動。牠等著我，等著把我撕裂肢解。我不知道牠生的是什麼模樣，也不知道該不該害怕……我什麼都不知道了，我沒有辦法思考，我沒有辦法決定，我想著不知幾歲的媽媽，想著不知幾歲的妹妹，想著不知幾歲的雯，她在課堂上轉頭對我一笑，她是我唯一的讀者，她知道我一切的努力，她在哪裡？她在哪裡？我混亂地想著、想著，她能再給我一個微笑嗎？就像她還認識我、知道我寫過小說那種微笑，讓我可以安心一點，或許我就能開始思考我應該怎麼辦。媽媽已經被燒成灰了，沒有人可以證明我的血我的肉確實曾被正常地孕育過，我像個垃圾堆裡的畸形兒，我不知道我為什麼在這裡，我不知道事情為什麼會變成這樣，我不知道為何我仍像過去二十年一般在黑暗裡想要哭喊、求饒，卻找不到對象，我不知道我做錯了什麼。

一星期後我終於有力氣離開了醫院。走的時候護士正在午睡，走廊上並沒有其他病人，或許大家都在午睡，不願意面對外頭毒辣辣的陽光。

街道上也沒有其他人，唯一的聲響來自我慘白的皮膚，我聽見它被陽光灼傷的輕嗤聲，而昏濁的空氣讓我走起路來顛顛簸簸。其實我並不知道要到哪兒去找雯雯，我只是恍惚地選了個方向，走著走著就遇到了妹妹告訴我的美麗行道樹。我不假思索跨上看來曾經是快車道的老柏油路，站到樹下，仰起頭來細看，一朵朵式樣整齊還微帶人工露珠的花靜止在半空，沒有樹葉摩娑的沙沙聲，葉片間隙均等，看來，它們也在午睡。

我的汗像一條條小溪流在我身體開展，我暈暈地坐下，塑膠草皮意外地柔軟。

我望著柏油快被赤日燒融的街道，和它兩旁靜闃無聲的樓房。有一半看似荒廢了很久，鋼筋水泥暴露在空氣中，另一半則閃著銀晃晃的光讓我不能直視，它們全包著一層看似鋁箔紙的東西。或許有人還住在裡面，正享受著清涼的人造微風，我想。

好熱。我的皮膚已經透出紅色，我走不動了，我不知道自己在樹下等待什麼。我希望這空蕩蕩的街道會出現一些什麼，醒著的人、醒著的植物，除了太陽外，什麼都好。我抹了抹眼眶四周的汗，柏油路颯颯冒起白煙。一種細小的、如切割金屬片的聲音刺入耳膜，我向後躺去，上頭的花葉四周像被噴了霧，白霧迅速向中心收攏。我眼前出現一片白色的世界，金屬的聲音也聽不見了。

再睜眼時我仰躺在黑夜之中，腫痛的皮膚塗滿了涼涼的藥膏。躺了一會兒，天頂的乾癟白虻蚓漸漸露出顏色。

我不知道自己該哭還是笑。當時間不再苦苦相逼，當這城市不再擠滿了人，只要帶著妹妹的卡，我似乎可以去任何我想去的地方，然而最後我還是躺回了這張床，疼痛得動彈不得。

「太太，晚餐。」這次是另一個小護士。

「我……」我的喉嚨好乾：「我……想……找……雯雯……雯雯。」

「太太，沒有人會在白天出去的，除非像妳妹妹一樣，有隔熱的專車。」

「雯……雯。」

「喔對了，太太，我們有通知妳妹妹，但她說她這兩天很忙，等妳好了妳再上去找她。」小護士把晚飯端到我身邊，替我搖起床板，開始餵我。

我幾乎無法吞嚥，一半的稀飯從我嘴角流出來。我不想吃東西，找到雯雯比任何事都重要，她為什麼不理會我的要求。

「我……要……找雯雯。」

「太太，妳這樣找不到的啦，等妳到了上層，再叫妳妹妹幫妳。」

妹妹。妹妹。妹妹已經變成了萬能的天神，妹妹代表無限可能，我則成了廢人，沒有妹妹的卡，沒有妹妹的幫忙，我無路可走。

咚。在冗長的沉默中我聽見某種東西跌進稀飯當中。

「真糟糕！」她低咒道。

「我……不想……吃了，妳……拿走吧。」我看著她背著微弱的光在稀飯裡撈著，我不想再聽到任關於何妹妹的事，所以趁機打發她走。

「我叫N2拿新的過來，我們今天把妳帶回來之後零件就怪怪的，可能熱壞了，再加上她午覺沒睡好。」

「N2……？零件……？」

「她等會兒就來。」護士走到門邊，當她轉過身來要將門帶上時我發現她只剩下一隻眼睛。我硬吞下尖叫，看著她從稀飯裡撈出另一隻擱在鐵盤上，眼球一端的電線糾結斷裂，她若無其事地關上門。

突如其來的恐懼讓我顧不得皮膚的灼痛。我爬出窗子，沒命地向外面跑去。在一段距離外我回頭看，整座醫院浸在黑暗之中，根本沒有其他病人。唯一的光線裡護士乙正清洗著自己的眼睛，護士甲搖搖晃晃地端著鐵盤往我的病房走去。

我轉身在黑夜中赤足狂奔，像要跑離一場分不清真假的噩夢……

我濁重地喘息著，在一個十字路口停下腳步，回頭看由我腳底拖曳出的血跡，害怕她們跟上來。

我看了一會兒，發現事情有點不對勁。在夜色裡我竟然可以看得清楚，我的影子長長地鋪展在地上，沒有路燈，這卻是為什麼？

一個巨大的球形發光體高高飄浮在十字路口的彼端，發散出一道道強烈的白光。這不是太陽，我舉肘遮面，原來我一直向著光狂奔，這會兒我站在它面前了，一時卻無法看清光裡頭究竟有些什麼。

我朝著它走去，像被強力的磁鐵吸引般，感覺自己終於「找到」了什麼，皮膚的灼傷似乎也不那麼痛了，腳底輕飄起來，也感覺不到被柏油路面擦傷的痛。雯雯在課堂上那一笑的影像不停地重複疊上球體的表面，這光源彷彿一種我說不上來的啟示，我感覺安心，不惶惑了，只要一直走過去，浸沐在純淨的白光裡，我似乎就能從殘缺的畸形狀態中變得無瑕美麗。我有種想靜靜流淚的衝動，我越來越近了，飽滿的光裡棲著一輛玻璃車，沒有人在上頭，我微笑地踏上去。

「買……鱔魚……喲……整尾的……鱔魚……喲……」

在車門緩緩關上之時我突然聽見人的聲音，我一直等待的聲音，在黑夜裡特別清晰。我貼著車玻璃往外看，一個老伯手裡拎著兩個頂端束起的大透明塑膠袋邊晃著邊走在快車道上。鼓脹的塑膠袋一半是空氣，另一半的水裡各游著一尾滑溜的黑鱔魚，牠們看起來還活著。我想下車去，卻發現車子慢慢飄了起來，我想下車去，問老伯他為什麼會在夜裡叫賣，他叫賣的尾音向上滑行，像在唱一首歌，一首溜滑滑如同袋裡鱔魚身形的歌。我想問他這個城市為什麼變成這樣，車卻把我帶離了地面。我心焦地用手搥著車玻璃，老伯就要走了，我有太多疑問想問他，車卻一逕往發光球體飄去。我像袋裡的鱔魚在透明的邊界撞來撞去，想要出去的渴望讓我開始用頭去撞車玻璃。我弄不清楚了，血就這樣在玻璃上砸開，我控制不住自己瘋狂的舉動。我不要飄浮，我要知道老伯和鱔魚為什麼會出現。再給我一點時間，我低語。我更用力地撞上去，血流進了我的眼睛。我就快要看不見老伯和他的鱔魚了，怎麼辦，我抹開眼睛四周的血，耳邊嗡隆隆塞滿不知是誰的尖叫。我的意識開始渙散了，玻璃濺滿了我的血，我緩緩跪下來，車子已經飄升到了某一個高度，刺目的白光硬撐開我的紅眼皮，將一座飄浮的球形玻璃城市塞了進來，明亮、乾淨如銀帶般懸掛在城市半空的河道上白帆點點，緩慢地隨波光浮沉。

在垂下眼皮的那一秒內我複習了所有人的臉孔，然後黑暗輕飄飄地降臨。

編號

1.

光醒來的時候，發現自己赤裸裸地陷在柔軟床墊的中心，四肢鬆軟，像經過了幾個世紀的良好睡眠。

光眨眨眼睛，稍稍挪動糖絲般的身體。她很可能作了一個甜美的夢，或許是重新經歷了在羊水裡漂浮的安穩狀態？她其實也記不太清楚，只覺得一切都輕飄飄的，好舒服。

光赤腳下了床，打量「她的」房間。她知道這是，不過或許因為睡太久了，她意外地被自己扔在地上的椅墊給絆倒——她不太記得自己是否曾把椅墊擱在地上。

陽光充足。綠色植物。粉黃色壁紙。藍色長毛地毯——踏起來有海藻絲滑的感覺。奶油色躺椅和溫熱的暖橘色浴袍（剛從烘衣機出來？）。一切看起來很好，光滿意地點點頭。

臥房外是草綠色調的客廳，墨綠沙發，光坐上去，軟硬適中；玻璃落地窗輕罩細麻波浪窗簾，透映著對街牆上的綠藤，風吹過時一片片葉子像有自由意志般地騷動起來。

光輕巧地踱步到廚房，打開酒紅色的冰箱，滿滿的蔬果和分包處理好的肉類、飲料、甜點——有她最喜歡的紅莓子派，還有各式各樣的調味醬料和乳酪。

「真好。」光不自禁地讚歎：「看來我睡前一定做好了萬全準備，沒錯，我相信我已經餓了。」

光看向一應俱全的廚具，像孩子般地咧嘴笑了起來。

2.

光躺在沙發上，雙腿掛在扶手的地方，輕輕哼著歌，一邊心滿意足地將最後一口紅莓子派塞進嘴裡，然後舔舔唇邊的碎屑和紅莓醬。

光懶懶地把盤子擱在茶几邊緣，再用腳趾頭推進去點。她開始想著自己現在應該做些什麼——她以前都做些什麼的呢？

嗯……

她想了好一會兒，畫面卻仍是空白。

「不值得為這個焦慮的。」光半瞇起眼睛，停止無意義的思考。正當她想起身去廚房拿巧克力球來吃的時候，她突然感覺到下腹一陣蠢動。在她還來不及反應之時，經血已十分準時地流出小穴，爬滿她赤裸的雙腿。

3.

光將自己裹得緊緊的，躺在床上不敢亂動。她與撕扯的疼痛對抗著，深怕自己打個噴嚏，又會難受好一陣子。

「可惡。」光低聲咒罵，甚至不敢使勁，美好的一天就因為這些奔竄的血迅速結束了。她很想挖一球香草冰淇淋慢慢品嘗，可是她無助得根本不能移動分毫。

「如果這時候能有人幫我把冰淇淋放在盤子上端來，該有多好——如果他再記得撒些彩色巧克力米在上頭就更好了！」光無限惆悵地想，才不過半天，她已經開始覺得安靜似乎不是一件太美好的事了。

「一杯熱可可也好。」光補充道，想像著有人輕輕地在她背後塞了幾個羽毛靠墊，熱可可在眼前溫柔地冒著煙。

4.

經血在數天之後終於平息，光發覺自己也餓瘦了一圈。她站在鏡子前左看右看，越看眉頭皺得越緊。她想了想，最後決定從衣櫃裡挑出一件衣服穿上，經過了半個小時的思考，她才遲疑地穿上一件綴有蕾絲的米色洋裝。

「如果有人能給我一些意見就好了。」光有點煩惱，她自言自語的次數越來越頻繁。

她走到客廳，陽光連溫度都沒改變過，房子像是有人收拾過般整整齊齊，她用過的髒杯盤早就乖乖地窩回原處，冰箱的食物跟幾天前一樣滿，紅莓子派也一絲不差地躺在同樣的位置。光覺得很奇怪，卻又不曾聽見任何人的腳步聲，難道是她自己忘記自己曾經做過這一切——就像她忘記她前一次睡著前自己做些什麼一樣嗎？這……

光咬著指甲踱步，大門門縫裡塞著的一本冊子吸引了她的注意，光撿起來看。

「拉……慕……兒……快訊。全新目錄……」光照著封面的標題字唸，坐到沙發上開始翻閱。

親愛的會員，您好：

拉慕兒企業秉持一貫熱忱服務的精神，細心為您挑選出最新研發的優秀產品，精心印製這份目錄供您參考比較。我們為各個產品都做了編號與詳盡的解說，並附上產品照片。我們向您保證，每一個產品都是限量發售的，絕不大量製造，以便讓您擁有獨特的感受，並提供完善的售後服務，請您百分之百放心，選您所愛，拉慕兒企業全體同仁誠心祝福您生活美滿。

「十五天迅速成長到理想狀態……提供詳細培育手冊……來電或親洽……拉慕兒國際企業客服部門……」光一一檢閱目錄上的照片與說明，一個念頭漸漸在她腦中成形，如果……

5.

「拉慕兒企業客服部您好，我是服務員一七〇五，我能為您做些什麼嗎？」

光才一走進拉慕兒公司的大門，客服部的專員便已在那迎接她了。光看著一七〇五紅色的制服和客氣的微笑，安心了一點。她左右張望，發現有不少人從諮商室出來時都面帶笑容，這加強了她的決心。
「您好……是這樣的，我收到你們最近一期的目錄……」光說。
「請隨我來。」一七〇五帶領著光走進諮商室，裡頭坐著一個穿著同款制服的人，與一七〇五唯一不同的是他的鈕釦是金色的。
「您好，歡迎光臨拉慕兒，我是解說員二三一六，我能為您做些什麼嗎？」
一七〇五為光拉開圓桌前的紅絨椅，退了出去，留下光和二三一六個別談話。
「是這樣的……」光慢慢地說：「我仔細看完了你們這一期的目錄，我想訂購編號A832，不過……」
二三一六迅速翻到正確的頁數，說：
「A832，綠眼睛，黑髮，喜歡小動物和小孩，個性溫和，廚藝佳，具有歌唱天分。」
「對……就是這個……」
「您還有特別要求嗎？」二三一六掛起笑容詢問。
「是的……我想了很久……」光努力找出正確的字句，最後還是不情願地放棄，說：

「我希望他能同時具有……嗯……怎麼說……比較接近的形容詞是……忠誠，嗯，只對我忠誠。」

「這沒有問題。我們已經克服了技術上的困難了。還有其他的嗎？」

光有些意外她的要求竟然這麼順利地被應許了，她看著二三一六鼻梁上閃亮的鏡片，一時間只能怔怔地搖頭，說不出話來。

二三一六迅速地在電腦裡輸入資料，最後遞給光一張紅單，說：

「請您跟著一七〇五去櫃台付款，他將告訴您在何處等待取件，謝謝您的光臨。」

一七〇五不知何時已帶著微笑無聲地站在門邊，替光拉開厚重的門。諮詢室外頭有一個男人坐在長椅上等待，但是他一見到光，便驀然驚愕地站了起來，平放在膝頭的西點紙盒跌落地上，裡面鮮豔豔的紅莓子派癱軟地滑了出來。然而光專注在自己的喜悅中，並沒有發現男人奇怪的眼神。

6.

〈培養手冊〉

1－3日　請將球形透明軟膜繫在胸前，注意保溫，讓未成形胚胎吸取足夠體溫，請勿擠壓、搖晃或高聲談話。

4－6日　胚胎成形，請輕輕將軟膜戳破，將胚胎與特調成長液換置二期硬膜，請勿碰撞胚胎，注意保溫與環境安寧，最好給予定量日照。

7－9日　請從硬膜上方注射兩劑營養加強針，附加藥劑請分三日注入，並請為胚胎取名，盡量輕柔地呼喚它與對它低聲說話。

10－12日　置換胚胎於三期容器，讓它適應您的喜好與需求，有助於胚胎特質百分之百發展。

13－15日　請將裝盛胚胎的容器置入本公司提供之培養機器中，調節溫度、濕度（見表一），並靜候二日。

註：請妥善保存銷售單以便取得本公司完善之售後服務。

7.

光在睡夢中聞到蜂蜜薄餅的香味，熱可可的煙撲上她的臉，她搧搧睫毛，從縫裡看見被草莓和鮮奶油環繞的金黃色薄餅。

她將縫完全拉開看清楚點，沒錯，蜂蜜薄餅和熱可可！她高興地一抬頭，看見一雙漂亮的綠色眼睛。

「早安，光，很高興見到妳。」他輕輕吻了光一下。

「井！」光紅了臉，井比她想像中的還要好，晶綠色的眼睛流動著迷人的溫柔。

「我每天聽著妳的聲音，心想何時才能這樣喚醒妳。」井在光身後塞了幾個柔軟的羽毛靠墊，再將托盤捧到她面前，說：

「不知道合不合妳的胃口，不喜歡我再做別的。」

光開心地像個孩子般地咧嘴笑了，她抱住井赤裸的身體，不知在他耳邊喃喃地說了一句什麼。

8.

〈馴養日誌〉

之一：

焦糖布丁：烤箱預熱五分鐘（可以親吻）。從冰箱取出布丁（可以親吻）。舀一匙紅棕砂糖（可以親吻）。均勻撒上布丁表面（可以親吻）。打開烤箱放入布丁（可以親吻）。等待五至七分鐘（可以親吻）。甜點完成（可以親吻）。

之二：

一隻小貓：井的眼睛（只好答應）。井的聲音（只好答應）。井的嘴唇（只好答應）。井的手指（只好答應）。小貓叫作橘橘。

之三：

一首歌：耳朵邊邊（開始掉眼淚）。臉頰邊邊（開始掉眼淚）。眉毛邊邊（開始掉眼淚）。井不唱歌了。一起掉眼淚。

之四：

公主與母親：早安，公主。早安，媽媽。午安，公主。午安，媽媽。晚安，公主。晚安，媽媽。有個好夢，公主。有個好夢，媽媽。

之五：

雜貨店的牛奶：胃好痛（不知所措）。牛奶（不知所措）。對街（不知所措）。雜貨店（不知所措）。皮包和零錢（不知所措）。對不起對不起對不起……（不知所措）。

之六：

綠眼睛：迷人。溫柔。愛慕。迷人……溫柔……愛慕……迷人？溫柔？愛慕？

之七：

小孩：好不好？（不好）好不好？（不好）好不好？（不好）好不好？（……不好。戴上去。）

之八：

無辜：坐在門邊（抱著橘橘）。低頭反省（抱著橘橘）。坐在門邊（抱著橘橘）。低頭反省（抱著橘橘）。喵喵。噓。不可以吵鬧。

9.

「喂喂……？是，10054769，密碼 64X9，是……請馬上派人過來……謝謝……好……再見。」光掛上電話，將自己重重地摔到床上，瞪著天花板一動也不動。

叩叩。喵。噓。

「……光……」門打開了小小的縫，綠眼睛充滿遲疑。

「什麼事？」

「我做了焦糖布丁，妳想不想……」橘橘掙脫了井的懷抱，將門撞開跳上床墊，光不耐煩地把橘橘給扔下床。

「不想。」

「那……蜂蜜薄餅……？」

「不要。」

「……熱可可……？」

「不必。」

「……喔……」井低下頭不發一語。

「你帶橘橘出去散步一會兒，我跟人有約。」光心煩意亂地坐起身。

「……喔……」

「……怎麼了？你不是已經學會帶橘橘去公園散步了嗎？」光質問道，一邊看向牆上的時鐘。

「沒有。那……我帶橘橘去了。」井喚了聲橘橘，看了光一眼，然後輕輕把門給闔上。

光甚至沒有聽見井和橘橘出門的聲音，不知過了多久，光聽見門鈴聲，她一打開門便看見穿著紅制服的人。

「您好，我是拉慕兒企業售後服務部門專員三六五八，我想再次確認您的會員帳號與密碼，請問銷售單還在您手邊嗎？」三六五八扼要地說明目的。

「在，請稍等。」光到臥房抽屜裡拿來了紅單，但在交給三六五八前卻猶豫了。

「您確定要我們回收 A832 嗎？」三六五八體貼地詢問。

「你們會好好地照顧他嗎？」光問。

「這點您可以放心，公司會替 A832 安排一個嶄新的美好人生，他甚至不會記得您，所以您不必擔心他會再回來。」三六五八熟練地回答。

「……這樣啊……」光終於還是將紅單遞給了三六五八，三六五八立刻輸入掌中的微型電腦，一張白單隨即列印出來，三六五八說：

「這是遺棄切結書，請在右下角簽名。」

「……我可以再見他一面嗎？」光盯著白單，問。

「喔，抱歉，A832 已經被帶走了。」三六五八起身告辭，離開前不忘鞠了個躬，說：

「三六五八謹代表拉慕兒企業全體同仁歡迎您的再度光臨。」

光楞楞地看著三六五八消失在門後。

10.

「該死！該死！」早晨一如往常地寧靜，然而光睜開眼的時候發覺經血又準時流出小穴，不禁咒罵出聲。

光保持靜止，腦袋裡一片混亂，昨天她又夢見井的綠眼睛了，清澈漂亮而且無辜，正要抱著橘橘練習一個人散步。

「你不能再這樣依賴，要學習自己生活！」光記得自己這樣說。

「好的，光，妳希望我怎麼做我就怎麼做，我現在就開始練習，好不好？」井抱起橘橘。

「不是我說什麼你做什麼呀！你還是不懂！」光激動地說。

「對不起，光，對不起，我又錯了。」井低下頭。

夢總是卡在這一幕進退兩難，這令光每每焦慮難安地醒來。井不在了，醒來時她重複地認知這句話的意思。

11.

日子不能再這樣繼續下去！

當光又再度在門縫看見新一期的拉慕兒快訊時，她腦中立即浮現了這個句子。

光坐到沙發上翻閱，瀏覽過一頁又一頁。這一次她不會再犯和上回同樣的錯了，她知道自己要的是什麼。

「H169……不錯。」光像個孩子般地咧嘴笑了。

12.

「拉慕兒企業客服部您好，我是服務員五六一四，我能為您做些什麼嗎？」

光熟練地微笑，拿出目錄，說：

「您好，我收到你們最新一期的目錄。」

「請隨我來。」

光優雅地跨著步伐，高跟鞋踩出不疾不徐的節奏，五六一四敲敲詢問室的門之後走進去問：

「抱歉，七九二四，今天諮詢室全滿，有一位女士正在外頭等候。」

「是，我知道了。」七九二四回答道，幾秒後光聽見他又轉而對裡頭的客戶說：

「您還有特別要求嗎？」

「是的……我想了很久……忠誠，只對我忠誠。」

光暗暗吃了一驚，原來大家都這麼要求的。

這時五六一四走出諮詢室並把門闔上，光沒有聽到七九二四的回答，不過光確信他會說沒問題。哎，可這一回她是絕對不會再提出這種愚蠢的要求了。

過了不久門再度被打開，光又聽見七九二四對正要離開的客戶說：

「請您跟著五六一四去櫃台付款，他將告訴您在何處等待取件，謝謝您的光臨。」

光看向五六一四身後的那一剎那，驚愕至極地發現一雙乾淨、漂亮、像經過了幾個世紀的良好睡眠後的綠色眼睛。閃閃綠光掠過她而去，光如紅莓派般跌坐在椅子上，恍惚地記起更久更久以前，一個塗滿紅莓醬、酸酸甜甜的吻。

病

這是第八天，腥臭爛藻與魚屍在死水中懸浮。八天前我拔去了幫浦和保溫器的插頭。我的男人阿井搬出我的公寓也已經八天。這八天來他養的二十一隻血鸚鵡魚相繼餓死或凍死。是，寒流持續了八天。

阿井的魚靠著囓咬同伴的屍身過活，膿水一樣的氣味瀰漫。我不敢靠近那些好鬥的紅魚，那些軟軟黏黏的生物。阿井從來不把我的害怕當真，他一隻一隻為他心愛的魚起名字。

這八天我向公司請了病假。大半時候，我蜷在沙發上啃著指甲盯著牠們死去，不接電話，不出門，恍恍惚惚想著阿井到底為什麼離開，還有他說了什麼。但是一天天過去，他的面目卻開始模糊……他的嘴曾經一張一闔，但我聽不見聲音，不知道怎麼回事。

嗶——過幾天我回來拿我的魚，再把鑰匙塞進門縫，沒什麼事，就這樣。

答錄機傳來阿井的聲音，吵雜的街角。

他的魚，我茫茫然聽著這三個字。

嗶——敏敏，我是美瑛，妳病有沒有好一些？明天會去上班了吧？不說了，我趕著搭車。

嗯，敏敏，我茫茫然聽著這兩個字。

對，我叫敏敏。對，阿井是我的男人，以前的男人。他喜歡魚，小我五歲，還在念大學。我在工作，百貨公司電梯小姐。等等，阿井繳學費了沒有？我⋯⋯我把錢擱在哪兒了？

不對，阿井說，他領到家教的薪水了，不需要我的錢，我怎麼忘了呢？他教一個女中的學生，夏天的時候我見過，沒有髮禁的幸福孩子，長長的頭髮貼在薄制服襯衫上，內衣的蕾絲花邊若隱若現，笑得很甜。看著阿井笑得很甜。百褶裙短得似芭蕾舞裙。阿井看著她笑得很甜。他們一起逛我工作的百貨公司，女孩要阿井幫忙選父親節禮物。

叫敏敏的皮囊扯出笑容，繼續重複著「請小心您的腳步」這種職業台詞，想著想著，薄制服裡頭的蕾絲花邊和阿井的手。

我怎麼認識阿井的？

呃，對，阿井騎車撞到了我，某一個星期五下班後的晚上，膝頭的絲襪擦破了一大塊。他迭聲道歉，送我回家。

就是這張沙發。我像個嚇壞了的孩子，他只好替我脫下絲襪，清洗傷口，細心上藥。阿井的手，我記得，灼熱的體溫，充滿生命力的年輕手掌，似有若無地擦過我冰涼的皮膚。我跟他說，我叫敏敏。

他說朋友們叫他阿井，黑亮亮的眼瞳深邃如井，我無法移開視線。很晚了。我沙啞地開口，腳心還擱在他跪著的腿上。斜紋硬挺的牛仔布料，布料那一頭透著同樣的灼熱體溫。

隔天阿井便搬進了我的公寓。我的小男人，是個大學生。我沒念過大學，大學生這頭銜對我來說，帶著一種高尚的感覺。我常常在電梯門後面想像著阿井在某堂課上的高尚神情。

是的，高尚，我多不敢相信我每晚躺在一雙年輕、高尚的臂膀之中。他似乎什麼都懂，我好安心。

然而在我瞧見蝴蝶紋路的蕾絲花邊時，幾乎是同時地，我記起阿井掌心的灼熱。哎，不過是個高中女生。我告訴自己，年長一些的人總要學會不計較，沒什麼事兒的。

半個月前公司舉辦新春員工旅遊，阿井不肯跟我去，我想他是怕丟臉，介意我和他年紀的差別。美瑛先替我報名了，於是我做好三天的飯，裝進九個微波盒裡，叮囑阿井如果餿掉了就到外頭去吃，期末考到了要多加油，在家裡吃可以省下時間念書，最後在微波盒上貼上微波時間和字條——可加點開水再微波飯才不會太硬，還有記得要先聞聞有沒有酸味，雖說是放冰箱還是仔細點好……諸如此類的話。

然後捨不得地提著行李跟他吻別。敏敏很快就回來喔！我用小朋友的聲音說，希望能讓自己感覺起來年輕些，好跟他相襯。

我繼續恍惚，後來發生了什麼事？

對，蝴蝶紋路的嫩黃蕾絲，半掛在這張沙發上，赤裸裸的阿井枕在女孩的雙乳間沉睡，茶几上凌亂堆著課本，年輕的兩具胴體交纏，睡得很甜。我站在門旁，沒有驚擾到他們。我看著，那樣好看的兩具胴體，像審視美術館的雕像，女孩柔軟白皙的胸脯是阿井的枕，他臉上帶著滿足的表情，我不曾見過的，我沒有那樣美的胸脯，甚至腰間、腿上都有略微鬆垮的贅肉，所以當我裸身面對阿井時，我總堅持關掉燈，叫敏敏的皮囊不好看，不應該給阿井看。

我擱下行李，輕輕地拾起女孩的制服、內衣、襪子，整齊地掛在沙發背上，再疊好她的課本。為什麼這樣做？我一點也不知道，我只是靜靜地做，並為他們開了暖氣，然後一個人走出公寓。

那是八天前的事了。我到美瑛那去，說阿井不在，我忘了帶鑰匙，我們聊天，說A專櫃的T小姐暗戀B部門的L主管，叫敏敏的皮囊大聲地笑，跟美瑛一起評論外帶模仿T小姐在旅遊期間嗲聲嗲氣地請求L主管幫她揹背包的模樣，一直到笑累了我才起身告辭。喀噠，轉開鐵門的鎖，魚缸的燈映著阿井收東西的背影，他沒有轉過頭。

「我回來了，怎麼不開燈？」我說。

「妳回來過了，是吧？」他悶聲問。

「是啊。」我想不出別的回答。

「然後？」

「什麼然後？」我開了燈，將鑰匙扔在茶几上，視線避開了沙發，說：

「跟美瑛聊天聊得口好渴，冰箱還有果汁嗎？」我往廚房走去，要給自己找點喝的，叫敏敏的皮囊移動腳步。

「妳都看到了。」肯定句。

「是啊。」他跟我走進廚房，突然間，阿井身上那種高尚的氣質不見了，我寧願他不要開口。

「我愛小娟，很久了。」

「喔。」我點點頭，喝果汁。

「就這樣？」他盯著我的表情。

「不然呢？」冰冷的果汁一路滑進我的胃裡。

「妳沒有話要說？」

「沒有。」

「我不懂妳。」

我轉身扭開水龍頭洗玻璃杯，說：

「我也不懂。」

沉默。我將杯子倒扣。

「我應該搬出去。」阿井說。

「隨便你。」叫敏敏的皮囊聳肩。

「嗯，再見，還有，謝謝。」阿井走出廚房，我聽著鐵門再啪噠闔上的聲音。

然後我拔掉了幫浦和保溫器的插頭。

就是這麼一回事兒，我終於記清楚了。

這是第八天，八天前我的男人阿井搬出我的公寓，我請假八天，寒流來了八天。

我重複地想著。

幾天後我在工作中鞠完九十度躬退回電梯時，鞋跟卡在縫隙裡。在門就要把我夾住之前，電梯唯一的乘客替我按住了開啟鈕，並半跪著幫我把鞋跟抽出來，他的衣領有著消毒水的氣味。謝謝你，我跟他說，我叫敏敏。

「這是我的名片。」他雙手奉上。

「吳先生。」我點點頭。

「可以請妳吃個飯嗎？敏敏小姐。」

「……如果，你能幫我處理掉一缸死魚。」我說。

同樣一張沙發，只不過，他的唇很冷，掌心溫溫的，在我的身體上攀爬，在那個皮囊上。

他不許我關燈，因為他想看清楚我的表情。突然間我很想念阿井，他熱燙的身體。

「叫我的名字。」他催促。

「我要叫你阿井，別的，不。」我很堅持。

「為什麼？」

我搖搖頭，撥著他的髮，髮間散出清潔無菌的消毒水味，就是這個氣味，但是，我是怎麼認識他的？我看著他的眼睛努力回想。

之後，我仰躺在沙發上。他坐起身，打開電視看夜線新聞。

「欸，阿井。」我叫了他。

他挑眉，道：

「妳喜歡這個名字？」

「對。」

「好吧，我沒意見。」

「還是你喜歡我叫你醫生？」我用腳趾頭碰碰他。

「大家都這麼叫，妳喜歡？」

「我想不喜歡。」我聞著他的氣味，說：

「阿井，你什麼時候搬東西過來？」

「明天。」他轉頭過去看新聞，說：「就明天。」

我的另一個阿井，是個住院醫師，不抽菸，不喝酒，沒有不良習性，除了常值夜班以外其他都好。他跟以前的阿井很不一樣，是個大人了，我不用太過問他的事，不用在微波盒上貼滿字條。他要回來之前會給我打電話，我每天照樣在電梯裡上上下下，鞠躬問候。

我跟他說了，他身上的氣味讓我想起了一些事情。在我四歲的時候，不知道跟爸媽到了哪家醫院，醫院裡人來人往，唯獨有一座通往地下室的白色迴旋梯沒有人走。現在想想，那個迴旋梯像白琴鍵，被關在一個透明的大泡泡裡，泡泡裡完全沒有聲音。我跨進去，發現迴旋梯通往象牙色中庭，中庭裡有一張木板長凳。我在頂端張望，一面小心回頭看著在領藥的爸爸媽媽，長凳上坐著一個全身綁滿繃帶的男人，我知道他是男人，雖然我只看到繃帶裹著的人形。突然間我覺得耳朵裡好像長出了一層膜，泡泡外的聲音嗚嚕嗚嚕聽不清楚，迴旋梯開始扭動，暈眩，令人窒息的暈眩，我害怕地想跑出泡泡，那樣近的距離卻彷彿一條長河堤驀然又延展成無盡頭，我喘著氣，在衝破泡泡的那一剎那，所有的人聲又清晰了起來。我抱住媽媽的腿，告訴她，那裡有一個白色的人，很多布。媽媽說，可能是瘋瘋病人或是被火燒傷吧。可是，當我轉頭過去看，透明的泡泡已經不見了。爸爸媽媽並不在意我的話，然而那種極度靜默的暈眩，在聞到阿井身上的藥水味時甦醒了。

他涼涼的掌心貼在我因回憶而漲紅的臉，叫我一聲敏敏。隔一天早上我在交班時收到一大束白玫瑰，卡片上寫：

敏敏，都是白色，但是不一樣，希望妳會喜歡。

阿井

美瑛看著我恍惚的神情，問我怎麼了。我艱難地解釋著，腦中浮現前一個阿井的眼睛，但是，他的手冰涼涼的，穿著一件薄制服襯衫，蝴蝶蕾絲若隱若現。

但是美瑛不懂，只當我是惦著前一個阿井，並勸我要把握眼前幸福。

我盯著白玫瑰，一條奇異的河流在我血管中蔓延，對，是蔓延，以一種極緩慢的速度，一寸寸蔓延，這種恍惚的場景被我不停複製。

當天晚上這個阿井又帶回了兩隻形似的人形布偶，尖尖的鼻子，大大的眼睛，戴著棉布做的紅色生日帽，圓圓的身體，穿著圍兜兜，看不出性別。

「送妳的。」

我左翻右看，問：

「一模一樣的布偶，為什麼要買兩隻？」

「不一樣的，妳看看他們的掌心。」

我依言攤開，一隻布偶的掌心有線縫成的掌紋，一隻平滑無痕。

「……好特別，我把他們放在空魚缸旁的櫃子好不好？謝謝。」

「喜歡嗎？」

我不自覺地看了看空魚缸，才點點頭。

從此以後我恍惚的次數增多了。持續了半個月後，美瑛問我要不要去看醫生，我說阿井就是醫生，我想打電話到醫院要他替我帶些藥回來，才發現我根本沒有他醫院的電話，他一離開，便像斷了音訊，我怎麼都沒發覺！

「他不是給過妳名片嗎？」美瑛問。

對，名片，第一次見面時那張名片，到哪兒去了？我在皮包裡翻了又找，沒有，還是沒有。那張名片像掉到黑洞中了，不見了。

我覺得我彷彿站在一口深井邊，往裡看不到底，扔進一塊小石子，我等著啪搭的破水聲，但是，什麼聲響也沒有，不知道是石子被黑洞吸走了，還是井深到沒有底，在我有生之年都聽不到回聲。

「那，妳總記得是哪家醫院吧？」美瑛說。

我暈眩地看著美瑛，說：

「我不記得，連他的真正名字也不記得。」

美瑛露出難以置信的表情，搖頭道：

「敏敏，妳病得不輕。」

「今天他回來，我會問的。」叫敏敏的皮囊回答。

然而這一個阿井再也沒有回來過了。我又請了病假，蜷在沙發上啃著指甲盯著玻璃櫃子裡的兩隻布偶，複習著關於阿井的一切。哪個阿井？我也弄不明白了，到底有幾個阿井呢？

嗶——敏敏，我是美瑛，妳病有沒有好一些？明天會去上班了吧？不說了，我趕著搭車。

嗯，敏敏，我茫然地聽著這兩個字。

對，我叫敏敏，對，阿井是我的男人，以前的男人，阿井他……不對，不是這樣，他沒有買父親節禮物……他買了嗎？如果沒有，我怎麼會記得有一缸紅魚和兩隻布偶呢？對，應該是這樣，阿井的爸爸喜歡魚和布偶，所以阿井買來送他，先寄放在我這兒。

還有，美瑛是……？我實在想不太起來，是她嗎？她很喜歡穿嫩黃色有蝴蝶紋路蕾絲的胸罩……？我怎麼知道的？她是內衣專櫃小姐？

啊那不重要，重要的是阿井，阿井在百貨公司工作……等等，可是，他身上有消毒水的味道，這又是為什麼？算了……總之，阿井的唇很冷，手卻好燙，他是我的家教，有一天下午我著迷地睇著他為我解數學題目，他擱下筆，熱燙的手指解開我制服衣襟的釦子，探了進去，我驚訝但是低低地叫了聲老師，然後……可是，阿井不是在百貨公司工作嗎？我搞混了，怎麼回事？

其實我一直沒有告訴你我看到了什麼，我站在一個很深的井旁邊，俯身去看，你知道嗎？一個透明的泡泡很緩慢地往井底沉降，裡頭，有一座像白琴鍵不整齊排列的迴旋梯，安靜地通往一個坐在長凳上捆滿白色繃帶的男人。

噓，來幫我聽聽，到底有沒有回聲。

在那件鳥事發生之前

在那件鳥事發生之前，我對這個城市總是橫眉豎目，一點也不憐憫地從玻璃窗內盯著新翻修鬧區裡未進化完全的街道。我管它叫變色龍蝌蚪街，光怪陸離的頭顱硬插著就要長出後腿的黑尾巴，前端是鮮粉紅頭毛踩螢光綠高蹺眼耳鼻唇舌處處是環的橫行少年人，後頭卻還畸形地貼著一張張毛筆寫就老派舞廳紅黃油紙：歡迎舊雨新知、先生女士……這種詞兒到了現代真讓人不知該如何看待，舊情綿綿？你若非進化太完全轉頭振臂一呼帶領潮流，就是跟大多數人一樣抖不掉蝌蚪的尾巴。留著行不？當然不行，你要明白，變色龍用半天一吐舌的慵懶就能穩坐寵物寶座，慢半拍的蝌蚪就只有一粒粒被太陽烤乾在溪石上或被孩子裝在寶特瓶中直到被發現長出青蛙腿時旋即倒入抽水馬桶眼不見為淨的命兒！這年頭，嗜酒如命的人搭得上價值的列車就被稱作「詩人的風流」，沒價值的叫「該死的酒鬼」。據我從玻璃後觀察多年的結果，變色龍跟蝌蚪也是一樣的道理。

我不知道別人的玻璃窗生得什麼模樣，我的是兩扇平放橄欖形，開口細細，尾端還微微上吊，大白天關上窗會看見紅透透一片，窗裡漆黑，我在裡頭指揮若定，該做什麼、說什麼都經過完善的模擬，偶爾受不了拿個盆兒吐吐也就撐過了二十年。雖然我沒有鮮粉紅頭毛也不會寫詩，但是我極力為我的長黑髮辯辯護。我不停試著說服大家：我是頭腦完全進化的人類，頭皮以上的玩意兒對我來說不太重要，感嘆得死去活來的詩也入不了頭皮底下。而沒想到我還真有了點小小的成功。不過有時從鬧區人類閃亮亮「紅」蒼蠅眼反光「墨」鏡鏡片上我會看見一副頂戴花翎好生生安在我頭上，極酸腐的模樣，一看就不是個寫詩的料，還好他們沒有訕笑，不然我鐵定在精神上拔光他們的粉紅毛。

我必須補充的是，在那件鳥事發生之前，我很熱心參與逛書店這種活動，因為我只有在書店會感應到可能類似性高潮的電流。我一跨進那兩道防盜的嗶嗶門，腳底便開始有了電流的感應，走到新書陳列架，把頭一掃，連膝蓋都麻了起來，喔不過我不會伸手去拿任何一本，我會在發票捲啪啪啪彈出來和收銀機鏘鏘鏘開啟闔上這種吃錢的聲音中堅定地往前走到屍骸區，所謂屍骸區，就是擺那種古今中外大師級作家傳世名著神聖莊嚴不可暴露性器官的地方（要看性器官的描述你可能必須打開另一櫃的書），把自己埋進四面書堆後會有一股強勁的電流貫穿性器官來到脊髓再一鼓作氣往上衝到後腦勺，這時候天外會飛來一種幽渺纏綿刷刷刷的聲音，混和了筆與紙媾合與印刷機拚死運動的聲音，刷刷刷。刷刷刷。我在激情中用迷離的手指想去取其中一本，詭異的慢動作，我都可以聽到自己微微犯氣喘的呼吸聲，不過高潮僅止於此，每回還沒拿到手前我就暈倒了，久了店員也不理我了，她會一腳把我踢離主要通道，反正打烊前我總會自己醒來然後走回家。

我的正職是女大學生，跟勾搭什麼勞什子美軍的任務無關，經過進化，這種事兒早就不屬於國仇家恨的範疇。在這個城市裡，身邊勾搭著一個金毛的傢伙上街可是一種人人稱羨的榮耀，只不過我一向不喜歡隨波逐流，大學生的神聖使命讓我必須保持清醒地宣稱：「這是殖民主義殘留的病態價值觀，瞧瞧，我們的社會成了什麼樣兒了！」但事實上我也知道自己整天都在說著屁話，這不過是其中的一句，還是酸的屁呢。扯得遠了，我告訴你我的正職只是為了說明我為何老是橫眉豎目，可別解釋成半調子知識（滋事）分子的自戀驕傲，我剛好是殘渣，充滿怨憤跟苦悶，因為我幹不成大事也沒有本錢把頭毛染成鮮粉紅色。

在那件鳥事發生之前，我當然也試過從逛百貨公司來徹底改造我的思想跟外型。我先收集了數百本美人兒雜誌，仔細從裡頭挑出修飾大餅臉、水桶腰、梨形屁股、大象腿的祕訣，然後帶著撲滿裡從小學開始存的錢到了金光閃閃的百貨公司。專櫃小姐看出我臉上那種茫然畏怯不熟悉如何優雅地抽出千元鈔票或信用卡的菜鳥模樣，於是繼續坐在她的位置上擦她的黑亮亮指甲。當我好不容易在一掛掛爭妍鬥鮮亮皮窄裙塑膠衣中找到最大號時轉頭微微開啟兩片嘴唇，專櫃小姐卻好整以暇地用眼尾向我一勾，我即刻明白我不用試了。專櫃小姐像外星人一樣用腦波跟我達成溝通：**試了也不能穿，穿了也買不起，買了也不登樣，別撐壞我們的衣服，少自取其辱，妹妹**。於是我的思想和外型還是沒有獲得改造，我乖乖回到我的玻璃窗裡，煙視媚行畢竟不是我這種人辦得到的，什麼？你說校園比較安全，我埋在黑壓壓頭顱間就沒事兒了？你實在太天真，五四青年早死絕了。

來，跟我去趟社團你就明白，你今天看見的美麗學妹下次不會再來，為什麼？忙約會去了，一陣戰國七雄合縱連橫腥風血雨後漁翁會脫穎而出，下次你再見到她會是在椰子樹旁與小男友吻得火熱的場面。看看剩下的有為青年，個個有思想、有抱負，滿口悅耳的哲學家術語與玄妙的電影理論，陽具的插入／不插入事關××意識的覺醒與吶喊，可惜聚會時你連囁嚅地想提出一點微弱質疑的機會都沒有，也就是說，五四青年為同（？）一個高尚（？）理念吶喊搖旗的傳說早就發餿，進化完全的有為青年眼底裝不下像我們這樣的小小米蟲，喔，事實上也裝不下其他有為青年。

但身為一隻殘渣堆中小眉小眼的米蟲，偶爾在被輸送中也會有一種美好的幻覺，特別是在冬天窗戶密閉、空氣濃濁、人體相摩擦、致命的香水混著帶痰味口臭的公車上。當某人毫不遮蔽的病毒乘著飛沫的翅膀款款飛來時，我的小靈魂會蹦出皮囊兒，穿破公車頂的鐵皮，飄飄飄飄停在一座巨大銅像的肩膀上，轟地一聲，緩慢的蕈狀雲兒紅橘紅橘地爆開了，真漂亮，我的皮囊黏著大家的成了泥，這個城市成了清一色的黑，沒有了差別。我的小靈魂開心地跳起舞來，我這才發現銅像也成泥了，真好，我從來沒有那麼自在過，多麼希望能一直在這種恍惚迷離的情況中度日，可惜公車總是會到達我不願意下去的那一站。大多時候，我必須馬上變身成只有耳朵沒有嘴巴的鴨子，因為不美麗、沒有錢、話也說不好的人得要卑微一點，你別忘了，總是有一些隱形的東西能夠把聒噪的米蟲迅速捏死。

不過我現在想來，如果一隻米蟲甘心作一隻米蟲，或者說，沒有意識到自己是一隻米蟲，那麼什麼鳥事也不會發生，也不會小眉小眼地編派非米蟲的不是，遇到另一隻米蟲也不會互相比較誰比較苦悶了。「鳥事無門，唯人自招」，還真說得對極了，什麼？你叫我快別廢話，直接切入鳥事重點？好吧，好吧，我知道你時間有限，對我的牢騷不感興趣，那麼，我開始說說那件鳥事吧。

首先，我想問問你，你能不能形容出醃漬脆梅的滋味？不能？但是這很重要，這件鳥事最初是由我疲軟的唾腺感應出來的。來，閉上眼睛跟我一起想像，你彷彿聞到了有人該死地在你鼻尖前面將一顆酸液飽滿的梅子晃來晃去，讓你腦中冒出上中下三冊青梅血淚史：……帶著細細的汗毛被監禁到缸裡努力生產甜黏汁液，最後妖妖嬈嬈誘惑人類伸出舌尖。……你努力地吐舌，偏偏就只能觸到它汗濕的皮膚，微酸微甜，雖然皺縮但是質地緻密，你判斷它是青黃色的脆梅而不是浸爛的烏梅，它忽遠忽近，更讓你像一隻煎鍋裡不停被翻面的魚兒，你的唾液在你的心焦中大量被分泌，但你不想張開眼睛，情願繼續玩著這種折磨唾腺的遊戲，並很賤地以此為樂。

那件鳥事被啟動的瞬間，我感覺我的舌尖蠢蠢欲動，那顆青透透的脆梅就斜倚著巷口的電線桿站著，右腳跨在一個趴在柏油路上看似剛被揍得死去活來的少年背上，喔，那隻右腳掛著一只夾腳拖鞋，身邊還圍著不少襯托他優雅氣質的街頭小痞子。

本來這種場面我是不該多看幾眼的，一群國中生練習如何出人頭地罷了，沒有人會自找麻煩去曉以大義。這年頭大義說起來自己都覺得乾，誰還愛聽？但是我卻反常地盯著他看，因為電線桿前神奇地出現了一個「又圓又大的白玉盤」，拖鞋少年的眼睛散發出恍惚迷離的月色，連夾腳拖鞋也陷入了光暈中。我懷疑我看錯了，不停眨眼，但是月光拖鞋少年並沒有消失，他保持那樣的動作靜靜看著我。

「幹！看三小！」他身邊的人倒是向我咆哮了，依照米蟲生存守則，我必須快步離去。我一邊走一邊回想他的眼神，能想像嗎？我他媽該死地居然不要臉地竊笑了起來，啊電線桿前的月亮。

你相信不？人類一向離禮義廉恥很遠，就像一根根從出生開始燃起的白蠟燭，禁不住蠟流滿面往地底垮去的命運，下滑再下滑，永遠得仰頭看上方的亮光然後感嘆：他、媽、的，有、夠、遠。直到燈蕊燒完了，也黏成了一團慘白畸形，就會想起還亭亭玉立時曾經有一個「又圓又大的白玉盤」暫緩了你精神癱瘓的勢態，滲透了你全身的毛孔，讓你開始寫詩把月亮從初一到十五讚頌個夠，十六到三十看到一顆酸梅眼淚便噴射而出，因為酸梅畢竟不是脆梅。

這樣看來似乎不能說我的遭遇是件鳥事，你且慢作評論，聽我說下去。

春天於是在我的肚裡種了一株藤蔓植物，心肝腸肺牢牢地被纏在一起，共同回想他那「似有若無」、「耐人尋味」的眼神。然而心肝腸肺各有各的解釋，總間歇地交戰起來，體內不斷升高的熱度讓我臉色潮紅，感覺那藤蔓就要長出喉嚨、開出花兒了，每要經過一番折騰，藤蔓才肯在體腔內只微微騷動，但夜間還是睡不安穩，將醒未醒的迷濛狀態中蜜蜂將採蜜的針插進心口的那朵花兒，用力吸吮起來，我的血斷續地流入狹窄的花莖，不能呼吸，我彷彿感覺我的月光少年赤裸裸與我相貼，晶燦燦眸光流入我緊閉的眼，酥麻麻電流類同逛書店時，只不過接下來的部分我沒有具體地感覺到，我只感覺藤蔓長到了雙腿之間，悠悠地打了個轉捲起末梢軟葉。

夜半我顫抖地寫起詩來，乘彩舫，過蓮塘，棹歌驚起睡鴛鴦，垂死病中驚坐起，風吹草低見牛羊，什麼牛鬼蛇神一路浩浩湯湯，亂煞年光，何處春江無月明，為何你明明動了情卻又不靠近…………

放屁。

這些屁詩成為鳥事的鐵證，我想賴也賴不掉，虧我還曾經那麼自豪自己不是塊寫詩的料，最後卻淪落至時哭時笑的悲慘境地，然而月光少年除了把夾腳拖鞋擱在被他痛打一頓的少年背上，他無辜地什麼也沒做，怪就怪他一雙似笑非笑沉魚落雁眼，讓我看山不寧，看水不靜，肚裡開花藤蔓經夜氣洗禮更加茁壯。我私心盼望能再見到他，於是每天自告奮勇倒兩次垃圾並且分五次以上到便利商店買早報晚報御飯團，就為了多經過幾次電線桿，同時默想那雙眼睛應該屬於什麼星座血型，必殺祕技共有幾條。

這時候我開始對這個城市稍稍生出了憐憫之情，搖蕩浮動的居民不停被時間拋棄，身不由己地以鈔票換取光鮮亮麗的片刻存在，魚龍撩亂於街市，沒有鈔票也沒有亮麗外表的人如我看了分外厭憎，想要全面推翻但講起話來卻綿軟如蛛網，但月光少年讓我恢復了正大光明，「九州方圓天下蒼生人人都苦小眉小眼非聖人之道也」這句話居然悠晃晃破浪而出，止住我十數年動盪暴烈不忠不孝不慈不愛的頑劣心思，月光賜給我神奇的力量，讓我從小眉小眼迅速轉變為慈眉善目，溫柔敦厚地寫著詩等待下一次的巧遇，呃，至少當時我是這麼以為的。

當然，皇天怎麼肯負苦心人呢，同一根電線桿的位置帶月光的拖鞋被拿在手裡當掌別人嘴的工具，啪、啪、啪，我捺不住雀兒般的喜悅，望著他濕霧瀰漫的月光眼，等待他的看見，手指悄悄在口袋中握著寫滿詩句與雜文的小記事本，是不是該送給他？他看了之後是否會有感於我的知遇而只把拖鞋用來走路就好？等待的那一秒鐘我腦中已把愛的故事演到了沙灘上慢動作相擁，他轉頭看我，啊藤蔓冒出了我的眼睛，一路向他生長過去。

還是那樣靜靜的眼神，波瀾不驚，很難想像他比我年輕，脆梅的酸甜滋味重新湧出唾腺，他真是美麗，我隨手記上記事本：**他真是美麗，讓我讚歎卻找不出更美麗的詞兒來歌頌，我融化在美麗的心窩，旋轉如雨潦中的紙船兒。**

「幹！妳是欠人扁還是欠人幹！」這回反倒是被拖鞋打巴掌的人說話了，但下一秒鐘他的臉皮再度被攻擊，我不禁揣想在這巧妙的時間差背後，是月光少年為他虔誠信徒出頭的舉動。我對他一笑，眨眨眼約定明天同一時間不見不散，我想他一定能接收到我的訊息，言語是最下等的溝通方式。

然而隔天他卻失了約。

我背倚著電線桿等到了深夜，小黃狗來來回回尿了也嗅了好幾趟，他還是沒有出現。是因為他不知如何面對我和我的詩嗎？我想他需要時間思考吧，偶然的相遇總讓人不禁檢視過去荒蕪的生命與招展的未知，我看著小黃狗翻揀起垃圾堆，拿出記事本寫：**小黃狗在垃圾堆中檢視著被拋棄的過去，叼起一根骨頭維持今夜的體溫，啊，一切都是為了明天。**

那天夜裡我睡得更不好了，我作了一個異色的夢，濃稠稠的青綠鱗片與深紅肌膚，一對半蛇半人的妖怪尾巴交纏，焦黃如古老經籍的天色悶得人胸口喘不過氣，鱗片隨著他們的擺動紛紛如落雨，我感覺我的臉被鱗片不停刷過，快被掩埋的窒悶結成喉間腫塊，我從深處擠壓出一聲嘆息，醒來，天花板還是一色的黑，外頭淅瀝瀝下起春雨。

我坐在黑暗裡感覺另一株扎人的仙人掌在我糾結的腸壁裡伸展細刺，突然覺得委屈。我像倒懸一般，等待他來安撫，他卻沒有來，被辜負的感覺讓我泫然欲泣，喏，特別是春雨下得那麼纏綿，讓人心思浮游無依，我再也不能在玻璃窗內堅定地橫眉豎目了，被毀滅後重建的滋味原來是這樣，說是「幽怨」也不為過。我其實很驚訝自己變成這副德性，看什麼東西都像加了柔焦，夜長人奈何然後夢長君不知於是綠窗殘夢迷，媽的，恐怕風一吹就不勝倒地。

我在這樣半死人的狀態中又過了一星期，不斷模擬一切可能性，聽到流行歌曲會心酸（想不到我以靡靡之音看待的泡泡歌會這麼扣人心弦），躺在音樂之中還會邊哼邊掉淚，我總覺得自己活不下去了，卻又死不了，整天飄來蕩去像一隻過不了橋的鬼魂。這種事跟你提起來我還真覺面皮掛不住，但是不說這些你恐怕不會明白這事最後有多鳥。

半個月後我終於又在街角遇見了我的月光少年，這回他是一個人倚著電線桿，手交叉在背後。**他在等我**。我激動地顫抖，雙眼卻不敢直視，只一逕盯著他的夾腳拖鞋，想著怎麼開口。

「我……」我絞著手指。

「我……」我咬咬下唇。

「我……」我努力把眼睛眨得水靈靈。

「幹！還看！給妳一個教訓，沒事不要亂青。」

突然間他一刀劈得我皮開肉綻，無數的紅鳥兒從我裂開的面皮上掙脫，吱喳地向他騎機車離開的背影飛去。我倒在柏油路上，感覺皮肉裡所有的植物瞬間遭大火焚燒，焦煙從我鼻孔、耳朵、眼睛冒出。我看著頭頂路燈朦朧的淡黃光暈，像看著蠟燭頂的光，像看著一個又圓又大的白玉盤，我四肢癱軟似融化的蠟，各自東西南北流，最後凝成一灘癌細胞狀的白。**他媽的，有夠遠**。我沒忘記這句話。恍恍然間我聽見抽水馬桶的聲音，強勢水流轉得我頭暈，收銀機、印刷機聲幽幽渺渺懸浮在半空，這個城市的噪音特多，打噴嚏聲此起彼落，轟隆隆城市的中心炸出了一個大洞，蕈狀雲朵正向我衝來，我拉下眼皮，對必然充滿更多鳥事的未來懷抱無限幹意。

幹。在這件鳥事發生之後，鳥事果然不曾減少，只不過這個城市跟我再也沒有任何關係，只不過我偶爾會悄悄懷念起在這件鳥事發生之前的日子。

華麗的泥濘

0.

我見證了一場華麗卻骯髒的戲碼，像舊貨市集裡、充滿中古世紀霉味的帳篷角落、懸掛的一件曾被貴族擁有的天鵝絲絨紅大衣，繁複的金線綻出圖樣的邊兒，袖口蘸有早已過時的藍黑色墨水漬，我將它從擁擠的舊衣中拖了出來，老病的纖維卻因禁不起拉扯而綳裂，從內裡滾出一隻隻僵死腐臭的黑老鼠，虛弱的日光裡塵埃混著糞便的氣味漫天揚起，我不停地打著噴嚏，過敏，表意的嘔吐，以及不表意的眼淚。

然後，我拖著虛弱的步伐、帶著紅腫的鼻子和眼睛逃離了那頂恐怕能長出毒蕈的帳篷，轉了個彎，來到乾淨明亮的畫市，看見無名畫家的作品，長條形的木板上用油彩輕淺淺勾出在腰間搭了塊紗巾、半裸而豐腴的女人背影，最後透亮的釉色將她凝結。我看著這一幅說不出如何神祕的圖畫，突然傷心地哭得像是要把心肝腸胃都給哭出體腔，剎那間我覺得我「必須」將這女人買下來，然而我擦了擦眼淚，擤了擤鼻涕後，卻又開始嫌棄這畫家複製了六、七幅大同小異的女人背影。

之後，下起雨來，我陷入一片泥濘，徒勞地倒臥其中。我睜大了眼睛，像一尾嘴角仍銜著白沫、半死的魚，撲撲拍動了自己滿是泥濘的尾鰭後，便一動也不動了。

1.

故事開始的時候，我正處在夜半的飢餓狀態中。我在床上翻來覆去，手心平貼暫時凹陷的小腹，感覺自己滾滾的胃酸東流西竄。

我很餓，也很寂寞，睡不著，又害怕肥胖，不敢去尋找冰箱的食物，最後我坐起身來，抱著床頭的礦泉水一口一口地喝，胃裡無比空虛，對著一堵水泥牆，沮喪，懷疑天再也不亮了，以及為什麼會被生在這世界，像垃圾一般活了三十年，然後成為無業遊民，在爸媽施捨我的小公寓裡，與報紙廣告和紅筆相依為命。

我將自己捲成一隻蝦的形狀。**我再也沒有力氣挺直脊椎過日子了**，我這麼想著。

然後，電話就在這一個時間點上響起。

「Béatrice……Béatrice……是我，請不要生氣，我……我只是想再跟妳說一些話，不……我知道妳會拒絕，不要說不，好不好？我覺得我的胸口像火燒一樣難受，再聽我說一些話，好嗎？不要不接我電話，我好絕望，我覺得自己不停地往下沉……」電話那頭的男人說著說著就哽咽了，我還沒有機會對他說他打錯電話了，他又接著傾訴起來：

「妳走了之後，我整個人失魂落魄……我知道妳不愛聽這些話，好，我不說了，貓貓在我旁邊，牠也很想妳，這幾天牠吃得很少……Béatrice……再給我最後一次機會，求求妳，我這一輩子從來沒這樣求過人，妳回來好不好？我覺得我失去所有生活的勇氣了……」

我知道我這樣聽著一個陌生男人的情話很不道德，但是我很餓，也很寂寞，睡不著，又害怕肥胖，於是我保持沉默，將電話線也捲成了蝦球，和我一起深深地埋在棉被裡。而當我聽到他說他失去所有生活的勇氣時，就像保險櫃密碼輸入正確一般，我咬著被子、紅了眼睛、哭了起來。

「……Béatrice……妳也在哭嗎？我的眼淚滴到貓貓的爪子上，牠趴著看我，我好想妳，回到我身邊……」

男人不說話了，我們在電話兩端各自痛哭起來，他為他的Béatrice，我呢？為了自己「堪憐的身世」吧。我很餓，也很寂寞，睡不著，又害怕肥胖，我覺得自己一無是處，在那一刻我只想把眼淚哭乾，最好哭乾後直接步入死亡。

「Béatrice……讓我們重新開始好不好？」

「對不起……」我抽抽噎噎地說：「我不是Béatrice，你打錯電話了。」

2.

我跟他約在一個咖啡店見面，這天早上我本來應該去面試一份工作，然而在慘烈的眼淚哭乾了以後，我還是活著，並且跟他聊天聊到天亮。他的女人Béatrice在一星期前不告而別，帶走了她所有的東西，彷彿從地球上消失了一樣。他打了無數電話，最後在他的朋友J家裡找到了不小心接起電話的Béatrice，Béatrice只對他說了一句：「我跟J在一起了。」便掛上了電話，之後他再也打不通了，因此當電話意外接通，他便不顧一切地對我傾訴了起來，自然而然地，我也不顧一切地答應與他見面。我們在電話中約定一覺睡醒後一起喝杯咖啡，於是我現在坐在靠窗的位子上，故作輕鬆地東張西望，發抖的手指一邊整理著洋裝的縐褶。我刻意選擇這件讓我看起來瘦一些的薄洋裝，再套上寬鬆的毛衣，這樣的穿著不至於太正式，洩漏出我有多在意這次會面。**只不過是見個面而已**。我對自己精神講話了一番，極力想洗刷先前翻箱倒櫃尋找整套蕾絲內衣的荒謬可笑。

我感覺我的心臟下面有一只煎鍋，輕嗤嗤地濺起油來。我不停地胡思亂想，這樣意外的會面打亂了我規規矩矩的生活，讓我忘記了我的失業、我的飢餓、我的寂寞，還有我的肥胖。我不自覺地將自己當成了故事的女主角，以為自己能夠優優雅雅地從鑲金菸盒裡拿出一根細長涼菸，微側過頭，讓男主角為我點燃，我再微抿著嘴角一笑，表示謝意，然後晃悠悠往窗邊一吐煙，男主角便會忍不住著迷地握起我的手，用拇指輕撫我的指節。

我為自己過度的想像臉紅起來，隱隱然有些渴望韻事的根苗在我心底勃發，讓我些許地喘不過氣。他在這時坐進了我對面的位子，毫不遲疑，看著我微微詫愕的表情，說：

「晚安，睡得好嗎？」

他長得太好看了。我的心臟像被丟進了煎鍋，炸酥了。

「你呢？還好嗎？」我抿著嘴角一笑。

「睡不好。」他搖搖頭，說：「因為想著和妳見面的情況，一切發生得太突然……」

「我看起來跟電話中一樣乏善可陳吧。」我微側過頭，故作謙遜地垂下視線。

一切對話進行得很順利，他的眼神膠著在我的側臉。

「一點也不，是一樣地善解人意，還有，優雅。」噹！吃角子老虎機鏘鏘作響，掉下無數的銅板。**我們彼此滿意，銀貨兩訖**。

「遲來的自我介紹：S，二十八歲，正職是汽車銷售員，不務正業時為雜誌社拍些照片，養了一隻貓，叫做貓貓，這妳知道了……還有，Béatrice……」他的眼睛暗了下來，沉默了兩三秒，招呼侍者過來點了一杯 café crème 後才又繼續說：

「妳呢？我們聊了那麼久，竟然忘記問對方的名字。」

「我啊……」我用指尖拈起晶白的方糖，讓它吸飽咖啡表面的浮油，並不急著回答他。我想給他一個巧妙的答案，所以慢條斯理地啃咬著咖啡方糖的邊緣，等待一個巧妙的答案從無聲卻混亂的腦袋中破水而出。我眼角的餘光瞥見他著迷望著我手指和嘴唇交接的那一點，入口即溶的糖甜滋滋一路甜進了我的眼睛。我瞇了瞇眼睛，學習故事裡屬於女主角的貓的模樣兒。那一剎那間我發現自己未曾開發的潛力，下一秒鐘答案晃悠悠浮出我齒間：

「你可以叫我 Béatrice。」**我瘋了**。對話遊戲玩到這一剎那，我沒有預兆地在自我膨脹中跳下高速行駛的列車，瘋了。

「……」他沉默不語，出乎我意料之外。我僵著一朵微笑，像是突然間被蓋上的音樂盒裡的芭蕾娃娃，被壓扁在盒蓋和小舞池間聆聽著自己怦怦的脈搏，不知如何是好。

隨著沉默的延展，我慌亂的指數越漲越高，瘋狂的領土越縮越小。一不小心我將咖啡灑出了杯緣，毛衣沾上了汙點，我急忙站起來，說：

「對不起，我不該亂開玩笑的，我去個洗手間。」

3.

我站在洗手台的鏡子前面，燙紅的臉頰滴著水珠，回想自己唐突的言語，令人羞窘的、失敗的暗示。我突然覺得女主角的光環離我而去，我又跌進了那個失業、飢餓、寂寞、肥胖、一無是處的軀體裡頭。我升起了從後門偷偷離去的念頭，他卻敲門了。

「妳還好嗎？」**好看的男人，好聽的聲音**。

我把廁所的門打開了一個縫，看了他一眼，不知道該說些什麼，只覺得自己的勇氣一點一點陷進了流沙，女主角的面目模模糊糊像是不曾存在過。

忽然間他低低地喚：

「Béatrice。」

然後他推開廁所的門，反鎖，親吻我。他將我抱坐在洗手台上，雙手探進我的毛衣，撩起我的裙襬，然後我成為了 Béatrice，我們在咖啡店的廁所裡做了。

我成為了 Béatrice，還有，貨真價實的故事女主角。他深深衝進我的身體，失業、飢餓、寂寞、肥胖隨著高潮的漩渦往上攀升。我像脫水槽裡的衣服，旋轉、旋轉，濕答答的肥皂水被甩了出去，嶄新、潔白、芬芳，我華麗的新生命就此展開，Béatrice，我的名字叫做 Béatrice，他喘息地呼喚著我的名字，我們一起往上攀升，到達無垠的星空，然後一起墜落。

4.

於是我把報紙徵才廣告和紅筆全部清出我的小公寓，繼續失業的狀態，他和貓貓搬了過來。早晨我和他做完後他帶著我的氣味去上班，我則半睡半醒地想著晚餐的菜單，直到貓貓餓了來抓我的門板。我開貓罐頭、倒貓餅乾給牠後便開始洗衣服，我會記得灑一些他愛用的香水到洗衣機裡。這時貓貓會爬到陽台上盯著我的一舉一動，我感覺牠不太友善，瞇著眼彷彿在監視我是否偷竊了他主人的香水，或許是因為牠對上一個 Béatrice 仍然忠誠？我弄不清楚貓的習性，但我感覺牠不喜歡我，只有在需要食物時才肯撇撇嘴喊我一聲娘，心不甘情不願。

中午我吃得很少，貓貓則是吃飽了撐著曬太陽。我上超市去，沙拉、主菜、甜點、飲料，每天我在冷凍櫃、貨物架前汲取靈感。他喜歡美食，在他讚許的眼神裡我感到無比幸福，我們放縱地吃著，不去計算時間和卡路里，然後放縱地做愛，消耗熱量，維持體態輕盈，再赤裸裸地一起清洗碗盤。貓貓有時候會很不贊同地看著這一切，然後緩緩地、帶著輕蔑地將自己捲成毛線球狀，彷彿刻意地將眼睛和耳朵都關上，拒絕淫褻場面的汙染。

我覺得自己漸漸地被他調教成一個女人。一個女人，代表隨時柔軟地等待他的撫觸，柔軟敏感的乳尖、柔軟滑嫩的大腿、柔軟優雅的手指、柔軟甜膩的嘴唇、柔軟期待的眼神。當他輕柔柔地呼喚 Béatrice，我得像淋上熱焦糖的糖漬蘋果，入口即化，回應著他的唇舌，讓他滿意地嘆息。

在這樣沉溺的日子裡，偶爾我會想起上一個 Béatrice，她究竟為什麼無聲無息地離開，投入另一個男人的懷抱？他算得上是個完美的情人了，哪裡出了錯呢？然而我總是沒有太多時間去思考這個問題，因為等我把晚餐準備好，他就回來了。有一兩回我向他提起上一個 Béatrice，他便傷心地沉默了。我不想破壞我們之間的氣氛，總之，上一個 Béatrice 是過去式，我才是故事的女主角，現任的 Béatrice，被他深深地愛著。

「Béatrice……我為妳燃燒……」他在我頸間低語，將我輕輕推倒在擺滿晚餐的餐桌中央，濕淋淋的水蜜桃塔滑落我的胸前，他像貓兒一般伸出舌頭舔舐。

5.

他不工作的時候，喜歡照相和攝影，我們見面的第一天他就告訴我了。後來有一個早上，我們做完後，我看著他打領帶，隨口問他為哪一家雜誌社拍照。他回答不一定，我又繼續問是哪種類型的雜誌。他說大多是人像攝影，貼近生活的。我腦中頓時浮現從前見過的幾幀黑白照片，情侶在街道上擁吻的瞬間定格。他說他知道，並眨著眼問我想不想也成為主角。我翻了個身，露出赤裸的背，在枕頭裡搖了搖頭說自己太胖、不上相。他坐到床沿撫摸我的背，在我耳邊說了一些讓我臉紅的話，要不是因為他上班快遲到了，我們一定又會再做一回。

之後的一個周末早晨，我懶洋洋地賴在床上不肯起來。他清洗完自己後便拉開被單為我擦拭乾淨。我昏昏沉沉地繼續淺睡，忽然間我聽見了快門的喀嚓聲。

「你做什麼？」剎那間我睡意全消，支起身體看他，充滿疑問。

他沒有回答，繼續拿著照相機，又拍了一張。

我連忙將自己用被單裹起來，他那種冷漠的神情讓我害怕，彷彿我是他鏡頭裡占據最大面積的物體，這是我第一次意識到成為主角意味著被窺視。

熟悉的燦爛笑容劃破了那張陌生的臉，讓我稍稍安心了點。他放下相機，吻了吻我的頭髮，說：

「妳太漂亮了，我忍不住就想拍下來。」

「我跟你說過了，我太胖，照起來不好看。」

「一點也不會。」說完他又在極近的距離照了一張。

「別再拍了，我不喜歡。」我將臉埋到枕頭裡，不讓他拍。

「妳不放心的話，照片洗出來我把底片交給妳就是了，又不會有其他人看到。」他將相機擱下，手伸進被單裡搔我的癢。我禁不住在床上扭躲了起來，頭髮蓬亂地披在肩上，他又趁機照了一張，像個惡作劇的大男孩。

「夠了，我要生氣了。」這是我第一次對他不假辭色。

「Béatrice 從來不生氣的。」他撫摸著我，像撫摸貓貓一樣，一瞬間我聽不出來他所謂的 Béatrice 究竟指的是誰。他的吻讓我的注意力不能集中，他輕輕地啃咬著我的身體，一面喃喃低喚著 Béatrice……Béatrice……那究竟是誰？

6.

我習慣了他每到假日便拿起相機拍下我衣衫不整的照片，他也如他所說將底片全數交給了我。我並沒感覺到事情有什麼不對勁，因為他說服了我，他說他因為太迷戀我，忍不住想用相機拍下我的每一個表情與姿態，他又說情人之間一切的色情都是被允許的，因為戀愛代表脫軌的瘋狂，他愛我，他不會做傷害我的事，如果我想，他也不介意我拿相機拍他赤裸的身體，他覺得赤裸貼近自然，他在日常生活中得戴著面具跟客戶周旋，假日裡他的精神需要「貼近自然」的休息，他相信我懂得他所說的一切，因為我是個善解人意的女人，我不像其他人，有著僵化的腦袋，鎮日指控並侵犯別人的精神自由。

天氣漸漸地熱了起來，午後雷聲陣陣，傾盆大雨如天降的洪水般肆虐。某一個星期天我出門買菜，回來時被大雨淋得全身濕透，一進門便看到他拿著V8拍著我濕黏黏掛在身上、近似透明的白色洋裝，雨水從我髮梢不停滴落。我有點氣惱他不肯跟我上市場，此刻看見我渾身濕透也不會自動為我拿條毛巾，只自顧自地玩著自己的新玩具，於是我不高興地揮手撥開他不斷欺進的V8，沒想到那種冷漠的陌生表情又回到他臉上了。他一手拿著V8，一手解開我胸前的扣子，zoom in，解開我的胸罩，隔著V8的觀景窗審視我濕冷微顫的胸脯，撫摸，剝下我的衣服，將我按到沙發上，拍攝我激情的眼睛、嘴唇，再緩緩往下掃視，將我仔仔細細地記錄存檔，然後將V8放到茶几上，繼續拍著他和我做愛的場面。他將臉埋在我肩頭，衝刺，慫恿我尖叫出聲，我像他訓練有素的獵犬，一一照做了，根本忘記了V8的監控。

之後，他俯在我身上，我癱在沙發裡，貓貓爬上了茶几，尾巴懶懶地掃過仍在運轉的V8，我才驀然驚醒，伸手要拿出V8的帶子，他卻先我一步將它藏在身後，讓我搆不著。我急了起來，用力推打他，他的眼神變得十分冰冷，他說：

「我今天才知道妳是個這麼暴力、粗魯的女人。」

他第一次對我說這麼難聽的話，我委屈地紅了眼睛，淚水在眼眶打轉，我說：

「我只是不喜歡被拍攝，你從來不聽我說！」

他用手指擦去我不停滾出的眼淚，口氣忽然如同往常一樣輕柔了起來，他說：

「Béatrice，我親愛的，不要哭，我愛妳，妳是多麼與眾不同的女人，妳是我的靈感，所以我忍不住想要拍妳，看妳哭了，我好心疼……」

他又開始親吻我，撫摸我，V8也悄悄地、安穩地被他趁機藏好了。

7.

漸漸地我發現在路上偶爾有些男人會回頭多看我兩眼。在我的新生命開始以前，我長得雖然不算難看，但卻從來不是太引人注目的女人。我一個人走路的時候常畏縮地駝著背、看著紅磚道或柏油路，因為我沒有光鮮職業當我的墊背，讓我可以像個職業婦女一樣用手機交代祕書記下與客戶的約會，對話中偶爾夾雜一些英文單字，並且看似從不擔心手機昂貴的費用，一路飄揚著長絲巾、邁著大步伐往某輛在陽光中亮閃閃的轎車走去，一面按著遙控發動器。

除此之外，我身邊也沒有一個男人，可以證明我至少不算太肥胖，還可能有愛慕者。於是日復一日，我的生活貧乏空虛，總是在等待著誰的拯救，或許是賞我一份工作，或許是喜愛我，讓我可以稍稍意氣風發，因為我總算還有點價值。

而他的出現，適時引領我走向華麗新生活，有一個好看的男人喜歡我，讓我多多少少敢玩起女人的小把戲，走路也能抬頭挺胸了。或許也因為這樣，路上的男人開始注意到我了吧，我漸漸學會陶醉在這樣的眼光裡。

直到有一天，外頭又下起了大雨，我一如往常地到超市買菜，那天超市的生意冷冷清清，一個中年太太坐在唯一開放的收銀機前打盹兒，我推著推車在一堆罐頭食品前選購，一個穿著超市紅背心的打工小弟正將新貨上架，不時盯著我瞧。起先我不以為意，但他卻忽然對我說：

「外頭雨很大喔。」

「對啊。」我點個頭。

「妳衣服怎麼沒濕?」他沒頭沒腦又冒出這一句。

「因為我有帶傘。」我還是回答他了。

「妳不錯喔,我跟我同學都這麼覺得。」

「什麼?」我聽不懂他在說什麼。

「少裝了啦!」他跟我眨了一下眼睛。

「你在胡說什麼!」

「買雜誌還附贈光碟咧,還裝高尚,妳要我現場表演給妳看喔?」

我覺得全身發冷,混亂的腦袋還弄不清楚究竟怎麼回事,但我本能地丟下推車衝出了超市,回到家裡拚命地尋找記憶中那台V8和帶子。我翻開一個又一個的抽屜,最後在衣櫃深處找到了一個密封的紙箱,打開來看,一束束的照片和歸檔的帶子,不同女人的裸照,大半是高潮時的表情,上頭註記雜誌期數和專題。最後一捆,當然是那些我擁有底片的照片,我發抖地抽出來,將它們撕碎,又將小帶子放進V8,接上電視,看著一個熟悉的男人身體和不同的女人做愛。他技巧地將自己的臉藏了起來,在每一個高潮來臨時,在女人高亢的尖叫聲中,我隱約聽見他呼喚著 Béatrice。按照日期的排列，我找到了上一個 Béatrice，在高潮時淚光瑩瑩，男人溫柔地用舌尖舔去她的眼淚。

然後我看見被大雨濕透的我，褐色的乳尖在白色洋裝下若隱若現。

8.

我思索著我應該怎麼辦，我、爸媽、親朋好友，所有人的心臟都負荷不了這樣難堪骯髒的事，我怎麼能公諸於世？上一個 Béatrice 是怎麼做的？我回想一切始末，J的名字蹦跳到我眼前。我找出過去幾個月電話帳單的明細，他的手機撥出過的號碼，我一個一個試驗，眼看著他就要下班回家，我撥號碼的手不禁顫抖了起來。

「喂？請問J在嗎？」我不斷重複著這句話。

「我是，請問是那一位？」第二十五個號碼那端傳來我等待已久的回答。

「我……我是……我是這一任的 Béatrice，我需要你的幫助，求求你。」我虛弱地將話說完，覺得心臟和胃都痙攣了起來。

「……」電話那頭的人遲疑了一下，說：「好，妳在哪裡？把東西收一收，我開車去接妳。」

他彷彿司空見慣了一般，不待我開口說明，便清楚地給了我指示。我告訴他地址，掛上電話後，我迅速而木然地收拾起行李。

9.

我在他的車上痛哭了一場，並且不停地乾嘔。他安安靜靜地開著車，一邊抽著菸，擺了一盒面紙到我身邊。

「我弄不懂妳為什麼要哭，這種男人，不值得妳為他哭。」好一陣子以後，他突然開口對我說。

「我是為我自己哭……我覺得好髒，像是被泡在藥水裡展示的標本。」我抽抽噎噎地回答，說完又摀著嘴哭了起來。

「妳很幸運，早早發現了真相，妳看見了那些照片跟帶子吧？」

「嗯。」我點點頭。

「那些雜誌都是地下營業的，妳不必太擔心，不會有太多人看見，就算看見，過段時間也忘了。有些女人比妳還慘，被他甩了一兩年後才發現。」

「他說你是他的朋友……我不明白，你為什麼會幫我？」

「朋友？」他嗤之以鼻，說：「一開始或許是吧。那男人能言善道，一個月之後，我發現他虛有其表。」

「上一個 Béatrice 呢？他說……她跟你在一起了。」我小心翼翼地措辭，深怕激怒這個說話語氣堅定、有條理的男人。

「她出國了，我只是幫她，當個擋箭牌而已。」他輕描淡寫地說。

「他那時一直打電話到你那兒找她嗎？」

「剛開始吧，沒幾天就銷聲匿跡了，我想可能是因為又遇到了妳。」他聳聳肩，看到我臉上的羞慚，又說：

「所以妳往好的地方想，過幾天他就會自動搬出妳的公寓，去找新對象了。」

「嗯。」對於他實際的安慰，我不知該作何反應。

他抽完一根菸，捻熄了菸頭，說：

「別再提那個男人了，妳應該開始妳的新生活。我那兒可以借妳避他幾天，但妳得開始想想接下來該怎麼辦了。」

10.

我在J家裡暫住了下來。他和朋友經營了一個咖啡店，他大半時候都待在店裡，我一個人躺在他的沙發上，在電視前睡睡醒醒，不敢出門，也不敢接電話，甚至不敢站近窗口。我騙爸媽我跟朋友到東南亞旅行，讓他們不會打電話到家裡。整天恍恍惚惚的我，餓了就到J的冰箱找些蛋和熱狗果腹，連超市也不敢去了。轉瞬之間，我的生活又經歷了一次大翻轉，當華麗全成了骯髒，當華麗全成了狗屁，我看見自己的愚蠢，這愚蠢比先前的一無是處更糟，我差點成了全職不支薪的AV女優。每思及此，我便恨不得從J的陽台跳下去，把腦袋摔破，一了百了。

然而這也僅止於想而已，我又開始肥胖的身軀仍繼續癱在電視機前面讓它看我笑話，生活恢復平靜無波，偶爾的震盪只來自語音信箱裡S的「深情留言」。

#1：Béatrice……Béatrice……是我，請不要生氣，我……我只是想再跟妳說一些話，不……我知道妳會拒絕，不要說不，好不好？我覺得我的胸口像火燒一樣難受，再聽我說一些話，好嗎？不要不接我電話，我好絕望，我覺得自己不停地往下沉……

#2：妳走了之後，我整個人失魂落魄……我知道妳不愛聽這些話，好，我不說了，貓貓在我旁邊，牠也很想妳，這幾天牠吃得很少……Béatrice……再給我最後一次機會，求求妳，我這一輩子從來沒這樣求過人，妳回來好不好？我覺得我失去所有生活的勇氣了……

#3：Béatrice……妳也在哭嗎？我的眼淚滴到貓貓的爪子上，牠趴著看我，我好想妳，回到我身邊……

我一遍又一遍地聽著，八百年如一日的深情告白，適用於所有Béatrice。我差點想要提醒他他忘了當初我們相識時他的台詞就已經是這些了，對那個高潮時淚光瑩瑩的女人他這樣說，對我也沒有不同。我用枕頭緊緊壓著自己的臉，一遍又一遍地責罵自己的愚蠢，也不知過了多久，突然有人拿走了我的手機，扒開我臉上的枕頭，是J回來了。

「夠了，都過去了，妳還自虐什麼！」他點了根菸，疲憊地在沙發末端坐下，把留言給洗掉。

「對你來說，1就是1，2就是2，可是對我來說，1、2、3、4、5、6、7都是0！」巨大的0，徒然的0，藏汙納垢的0。

「……算了，我不想跟妳爭。我還沒問妳，妳到底叫什麼名字？」

很久很久以前，我彷彿聽過同樣的問題。這一回我腦中仍然裝填著一個寂靜無聲的世界，有一個答案隱隱在騷動著，是什麼呢？我想給J什麼答案？

「……玲玲。」我又重複了一次：「我叫玲玲。」

「……好的玲玲，從明天開始妳到我的咖啡店工作吧，薪水按月計算……如果妳願意的話。」

另一個乾淨明亮的新生活就這樣在我眼前長長地鋪展開來。

11.

我的救命恩人、我的老闆J據說從前是個運動員。我對運動一無所知，只不過我寄居在他家沙發的時候，的確感覺到他一絲不苟、整潔乾淨的生活習慣，比方說，床睡亂了、棉被睡皺了對我來說都是再正常不過的事，既然每天晚上都必須睡覺，醒來後何苦要整理床單、摺棉被呢？他卻不然，於是他家沙發成為特別行政區，他默默地容忍我將棉被一腳踢開便棄之不顧的習性，但將特別行政區外的一切物品照常擺放得不偏不倚，或許想等待我良心發現吧。我偶爾是會感到一絲愧疚，然而也只有那麼一絲，因為我仍被「心有餘悸」四個字盤據，在店裡工作時經常會像此刻一樣被熱咖啡燙到手指。

「玲玲，妳能不能專心一點！」他咬著牙、耐著性子在櫃台後走來走去，像頭努力克制情緒的大黑熊。

「對不起，我突然沒辦法呼吸。」我頹喪地垮著肩，兩分鐘前我忽然又回憶起S在照相機後的臉。他不肯放過我任何一個細微的動作，透過鏡頭我彷彿看到自己淫蕩的眼睛，而下一瞬間我又意識到此刻在我身邊的是J，方方正正，知曉一切始末的J，林林總總細如碎末的感覺增添了我的羞慚，我沒辦法呼吸，一個巨大的黑影將我緊緊圈綁。我不知道店裡的客人，甚或是J的合夥人，是不是看過那本雜誌和那片光碟，我更想問的是，J到底有沒有看過。

「我來吧！」他接過我手中的杯子，沒有多說什麼，熟練地操作咖啡機。

我看著他乾乾淨淨的白色襯衫，袖口沒有任何汙漬，修剪得整整齊齊的指甲，碰食物前後都要仔細清洗的手，更是覺得自己快要窒息。我蹲了下來，顫抖地抱著自己的膝蓋，將臉埋了起來。

「不舒服？」他將咖啡端給客人後發現捲成小球的我。

「你看不看色情雜誌跟A片？」我悶著臉說，將一個句子發音發得血肉模糊，一半希望他聽懂，不必我再重複，一半又希望他沒聽清楚，對話便到此打住。

「妳腦袋裡裝了些什麼啊！我不想再聽到任何關於『他』的事，直接或間接的都一樣。」他焦躁地點了根菸，靠坐在櫃台上。他果然聽清楚了，並且聰明地猜到我腦袋裡的畫面。

「對不起，我知道我很煩，但我總是感覺『他』陰魂不散，好像下一秒鐘就會走進店裡。」我繼續血肉模糊地說著話。這回他沒有答腔，我不敢抬頭看他，不知道他是不是生氣了。

「喂？小林，你還在睡？」過了大約一分鐘，我聽見他打電話給他的合夥人小林。

「你今天可不可以早一點過來店裡？我等會兒有事，玲玲今天也不太舒服。……好，我等你過來。」他簡略地講完電話，捻熄菸頭。

「玲玲。」他叫了我一聲。

「幹嘛？」我的聲音從膝蓋間傳出。

「妳可不可以抬起頭？我在跟妳說話。」

我依言抬頭，等待他下一步指示。我知道他已經「幫我」決定了某件事情，他總是這個樣子，說好聽點叫做「獨立思考」，說難聽點是「絕對獨裁」，然而他既是老闆、又是宿主，我必須感恩一點地配合。但老實說，我發現我並沒有一丁點不樂意，因為他的一切決定引領我走向光明。

「兒童樂園或是動物園？妳選一個。」我只有兩個選擇。

「我想看大黑熊。」我咧嘴笑了起來，原因只有我自己知道，我禁不住小小得意了起來。

「好，不准再愁眉苦臉，我們去看大黑熊。」

12.

在大黑熊面前我挽住了J的手臂，這一個未經大腦便被執行的動作透露出一些訊息。J自自然然地握起我的手又透露出了另一些訊息。在那一小段寧靜的時間裡，我彷彿身處一個十字路口，前塵後路各自標示出了方向牌，我只要一踩油門，便會遠遠地將這模糊地帶給拋在腦後。到哪兒去好呢？我的大腦在當時並沒有認真地運作，我看見J伸出另一隻手去掏口袋裡的菸，我說：

「你真的不能少抽一點嗎？」

話才出口，我立刻發現這不是我該說的話。J是我的老闆、我的宿主，除此之外沒有其他身分。

「好，我慢慢戒。」他像在神父前宣示一般。

從那天以後，我從沙發移居到J的床上。每晚我在即將跌入睡眠前總不忘抓緊時機問清J的成長背景、家庭概況和從前交往過的女人，我想我的確是害怕起草繩了。J雖然有點不耐煩，但還是一五一十地回答我。在我不放心地反覆推敲盤問之後，我發現他的過去跟他的房間一樣乾乾淨淨、簡簡單單，我在他的衣櫃裡也沒有找到任何色情雜誌和光碟。我努力讓自己相信他是個表裡如一的人，日子平平穩穩地過下去，S無消無息。某天J陪我回小公寓，整個房子裡除了貓貓的貓砂被遺忘在後陽台之外，S已經將自己的東西全部搬走了。他沒有留下鑰匙，所以我請鎖匠換了個鎖，並且打電話讓爸媽把房子租出去，他們很高興聽到我有了新工作和男朋友。

而自我到J和小林的店裡工作，小林就一直想套出J是怎麼認識我的。J含糊地回答過他，但J的回答不能讓小林滿意，所以小林不時會起個話頭要我告訴他我們的認識經過。有時J也在場，我發覺他臉上總會有種不自然的迴避神情。我不知道小林是不是認識S，但我對於我那段骯髒的過去一向羞於啟齒，所以小林還是問不出個所以然來。有一天當他發現我們手牽手走進店裡，他吹了聲口哨，眼珠子轉了轉，像是在說：大勢底定，夫復何言？從此之後我就沒聽到他再追問那無足輕重的認識經過了。

有時我還是會不經意地想起S跟現在他身邊的Béatrice。如果我夠有勇氣，我會去訂購那份地下色情雜誌，然而躲在與J安穩的日子裡的我實在沒有強勁的心臟再去揭瘡疤。我把頭髮剪短，一方面為了在形式上告別骯髒，一方面是希望看過雜誌和光碟的人認不出我現在的模樣。我其實還是介意那個汙點的，有一回我夢見S出現在所有我夢見的地方，我上山下海地躲，喘不過氣，最後我從高處跌下圓形中庭，頭部重重地撞擊中庭裡有著女人臉孔浮雕的白色大理石棺，鮮血在我腦後砸開，我聽見有人在唱著極高的單一音符。這時J把我搖醒，說我在睡夢裡唱起了聖歌，天曉得我怎麼會記得念小學時跟同學一家星期天去做禮拜時學會的讚美歌。

然而J就在我對他訴說這個噩夢的當兒輕輕地打起鼾來。對於這種不存在於現實世界中的幻象，他一向興趣缺缺，甚至不肯花力氣去掩飾自己的興趣缺缺，我總只能學會自己安撫自己的心有餘悸，因為他認為這不關他的事，也沒有必要與他有關，更何況那牽扯到S，那個他不知為何不太喜歡提起也不太看得起的男人。

我看著J熟睡的臉，感覺自己撞上了一堵堅堅實實的牆。

13.

就當我以為我的生活已經完全駛回常軌的時候，S又駕駛了一輛自用小客車闖越平交道，衝撞了我乘坐的通勤電聯車。

那一天傍晚J開車送我到店裡接小林的班，之後他說他得回父母家一趟，打烊前會來接我。小林搭他的便車走了，我向他們揮揮手。那晚店裡客人不太多，我坐在櫃台後看一本小說，忽然間玻璃門上的鈴搖了一下。我一抬頭，S像幽靈一般與我對視，那一刹那間我只能用「幽靈」兩個字來形容我重遇他的感覺，遙遠、飄忽、空蕩、還有，醜陋及恐懼。

我當時沒有注意到他看見我第一秒的詫愕，因為我彷彿被碾得血肉模糊，牢牢地黏在鐵軌上動也動不了，我聽見他低低地喚：

「Béatrice。」

從前這像一句神祕的咒語，讓我縱身跳下幾萬丈的深谷，然而在那當下，我卻感到不寒而慄。

「這些日子我到處找妳……妳為什麼會在J的店裡？」他隔著櫃台握起了我的手。我瞪著他的手，想甩開又害怕店裡客人注意到，我聽見我自己用乾癟的聲音回答：

「J是我的老闆。」

「又是這樣！」他不高興地說：「他總是這樣，我受夠了。」

他總是這樣。

這是什麼意思？我的腦殼裡嗡嗡作響，他是指，J專門接收他的Béatrice嗎？

「妳不要聽他胡說，他是個滿口謊言的騙子，專門製造不利於我的謠言。」S激動地說，他看起來十分真實地氣憤著。

真的是這樣嗎？

「你－把－我－展－示－給－所－有－人－看－你－才－是－騙－子！」我一個字一個字地說。

「我沒有騙妳，聽我說，Béatrice，那不是真的，是J在騙妳，我沒有把那些帶子和照片給外人看。」

我抽回我的手，對S吼道：

「連超市的小弟都看過了！」

趁S還沒反應過來的當下我跑出了店裡，我聽見S在我身後大聲喊著：

「我可以解釋，Béatrice……J什麼都知道，妳不覺得奇怪嗎？他窺視我們，他想破壞一切，**因為我離開了他**，妳不信**可以問小林……**」

因為我離開了他。

因為我離開了他。

我知道我明亮乾淨的新生活又像一床禁不起抖動的厚棉被，撲簌簌地潮黃棉絮露了餡。我一邊奔跑一邊把耳朵關了起來，我必須，好好地、好好地想一想，**對，好好地想一想。**

14.

我晃蕩到了一個黑漆漆的工地，讓砂石車通行的鐵柵門並沒有鎖上，我滑了進去，在黑暗裡蹲下身來，挨近熱氣蒸蒸的地皮，抱著自己的膝蓋，看著天上油黃的月亮，突然間很想尿尿。

我撩起裙子，撒了一泡濃濃的尿，看著尿灘裡濕黃的月亮，忽然覺得三十年來一切開發我智商的教育又復歸於零。我沒有辦法分辨是非，更遑論選擇、問答題了。此刻我只想用手指去攪動尿裡的月亮，然而這一泡尿卻迅速被地皮吸乾，尿裡的月亮也一起溜走了。我覺得好傷心、好寂寞，天上的月亮那麼地遠，我不知道我的腦袋還能用來思考什麼別的。

是不是一切的故事都沒有開始的必要呢？

是不是一切的故事都只存在於眼睛和想像神經鋪出的紅毯上頭呢？

是不是一切的故事都會沉入同一灘糊糊爛爛的泥濘中呢？

月亮還是月亮，零還是零，廢物終究是廢物，什麼都不曾改變？

我覺得我的腦袋快要爆炸了，所有對話中令人起疑的空缺頓時被無數的可能性填死。一切的故事像盞高高懸掛的水晶吊燈，我仰望它的華麗與明亮，到最後卻聽見數千隻小黑蟲的毛腳窸窸窣窣刮過透明水晶的聲音，但我什麼也看不到，也不想看到了。

我茫茫然地站起來，像上了發條一樣自動走回了J的店裡。J已經在那兒等著我，滿臉不悅地對我說：

「妳跑到哪裡去了？妳就這樣把客人丟下？」他看到我沾滿泥濘的鞋子和裙襬，提高音調問：

「妳去哪裡把自己弄得這麼髒？妳自己看看。」

「我不是故意的……」我緩緩地說。

我不是故意的。

我望著已經擺上咖啡和甜點的托盤，自動安安靜靜地端起來，從J的視線裡走出去。店裡只剩一桌客人，我感覺自己浮走在一個漸漸失重的世界，忽然間咖啡自動掙脫了地心的吸力，飛出我的托盤，讓自己砸上了客人白色的運動衫。我聽見貪婪的纖維爭先吸吮的聲音，那一片汙漬無止境地擴大，一邊竊竊私語……然後我便像女主角般地在汙漬的碎言細語中昏倒了。

15.

醒來的時候，我隨即記起夢裡一本攤開的書上的篇名，粗黑直印的五個大字——**醒來的時候**，開頭寫著：

「你爸媽都好嗎？」我問了問坐在床邊的J，他看起來很累的樣子。

然後我看見了真的坐在床邊的J，他看起來的確很累。我不假思索地問：

「你爸媽都好嗎？」

「什麼？」J有點詫愕：「妳突然問這個做什麼？」

「你今天沒見到你爸媽？」

「……呃，對，有，不過那是昨天，所以我一時沒記起來，妳曉得我總是日夜顛倒。」他指了指床頭的鐘，已經是凌晨三點了。

但是一瞬間我發現自己看穿了他，他**並沒有**回去他爸媽家，他用巧妙的解釋藏住了心虛，卻使得心虛更加清楚地浮出他忽然渙散的眼神，因為他**從不多作解釋**。

「妳還好吧？突然在店裡昏倒了。」他如同往常地從口袋摸出菸，點上，這提醒了我：他並沒有如他所承諾地開始戒菸。

我心裡湧上了一抹可能可以名為「蒼涼」的滋味，因為心虛，所以他開始體貼殷勤，竟沒有提起我將咖啡灑在客人身上的事，竟沒有自顧自地呼呼大睡。原來體貼殷勤會是一種折磨，我在瀰漫煙霧的房間內不停眨著眼，將「蒼涼」鎖在眼眶邊邊，說：

「我今晚撞了鬼了，所以跑出去。」

「什麼樣的鬼？」他問，看見我不停眨動的眼皮，又說：

「對不起，煙熏到妳了。」

說完他捻熄了菸蒂。

「你看起來很累……」我看著他反常的一言一行、一舉一動，忽然發現自己全身上下的感覺細胞無比敏感活躍，我說：

「你該不會跟我一樣也撞了鬼吧？」

「妳胡說什麼……腦袋不會撞壞了吧？」

「我覺得我總是對故事太認真，所以容易撞見鬼，並且信以為真。」

「妳到底在店裡看到了什麼？」他開始不耐煩了。

「你說呢？」我慢慢地眨眨眼睛。

「我怎麼會知道！妳給我停止發神經，我懶得理妳了。」他又點了一支菸，橘紅的菸頭閃呀閃的，像是公路邊的旋轉警示燈。這是一條故事行經的公路，我忽然明白，太認真的人必定會駛出線外，翻落山崖，登上社會新聞版。

然後，S在店裡看見我第一秒的詫愕乘風破浪而出。「蒼涼」擴散到我的唇邊，我繃起微笑將它囚住，說：

「記得我總是在睡前問你之前的女朋友嗎？你也總說懶得理我，其實我可以問問小林的，但是我沒有，因為我知道你一定會不高興，我以為我很體貼。」

「說這些做什麼？我可從來沒問過妳的過去，妳有什麼好問的？」

「不問代表體貼嗎？」我摸了摸J的臉。他被我惹惱了，一轉身就甩開我的手，站到窗邊去。

「妳說呢？」

「不問，代表全都知道，也代表不關心，可惜我總自動翻譯成別的。醒來的時候，我忽然發現這個故事裡根本從來沒有女主角的存在。」我走到他身後，在他的影子中任「蒼涼」蔓延到每一個細胞，輕輕地說：

「鬼是去找你的，你忘了，我記得他身上的味道。」我撫摸J的領口，感覺他皮膚微微顫了一下，像是一種默認。

「玲玲……」

「你們甚至不曾費心去想，你們的女配角是不是真的叫作 Béatrice，或者玲玲。沒關係，故事結束了。」

16.

故事結束的時候，沒有什麼特別的地方，我帶著從此寄生在細胞中的「蒼涼」離開，然後嘴角銜著白沫，和你們不斷重複說著這個華麗、明亮地在泥濘中打滾的故事。

霆雨

1.

霆雨七日不止。

雷鼾從山的彼端擾動氣流，爬上光禿的山頂，濕爛地皮鼓譟起來，整個谷底瀰漫著如瘟疫般的隆隆聲響，閉鎖地感染橢圓形山谷的每一吋土壤。屋子沿著這個不自然的橢圓而建，遙遙相望，從不曾有什麼交集，然而這七天內所有的屋頂卻以同樣顫抖的頻率盛接滂沱雨勢。早晨，黑雲緊貼山丘，閃電劈開天蓋的那一刻，我驚醒。

媽媽。這是我唯一能發出的單音。

三十三。我抹一抹眼淚。這個數字與媽媽有緊密的連結，八歲的時候我第一次意識到媽媽的年齡，三十三，之後不停增添的數字並不具有意義，我常有這種錯覺，對數字感到無比憂傷，比如十六，十六——我還是個有著細瘦手臂的男孩的時候，我將它們懸掛在高高的窗台邊，白皙地晃蕩著，我的臉頰緊貼著冰涼的脈搏。我在高處，卻覺得自己在前一刻已摔落地面，前一刻在時間的線上無限複製，我墜落了千萬遍，彷彿心臟都摔碎了，然而我還是在原地，一瞬間從手背加深的紋路中看見二十這個數字。二十連結了一個人肉堆成的尖塔，往上，往上推擠，我的手臂像融化的白蠟燭，緊攀著塔面，下頭有一種黏滯的力量讓我下滑。我不能不使力，但我到不了塔頂，我知道，我離地面總是如此接近。我鬆了手，數字跳到了二十七。

我滑進一個橢圓形的谷，選擇一棟乾淨無汙染的房子，從窗戶看出去是一棵半死的枯樹，不偏不倚生在谷的中心。雖然樹幹裂了，但看它樹枝粗壯開展的模樣，在我搬來之前，應該曾經風光過？我也不清楚，因為我沒跟鄰居閒聊的習慣，事實上我甚至沒有見過他們任何一人，更確切地說，我不出門，連一星期一次送食物來和收垃圾的人也沒見過。他／他們（？）安靜地把東西擺在後門，並取走他／他們（？）應得的，他們怎麼生活的，我不知道，也不關心。我的窗景裡只有那麼一棵樹，此刻它在大雨裡若隱若現。

然而我注意到了不尋常的一點：在樹的周圍，隱約有著兩兩成雙的紅色光點，明、滅、明、滅。我從沒有見過那些東西。

2.

第八天早晨，雨繼續下，有什麼東西在睡夢中像要破膛而出，心口強烈地抽動著。我跟樂樂一同墜落，樂樂是我很久以前的玩具小藍熊，我仰視牠在我胸上數吋緩慢無聲下降，我失速了，伸出手要抓住牠圓滾柔軟的肚皮，牠卻開始飄浮，上升再上升。我看見，我真的看見一個無意義的單音，介於嘆詞之間的空缺，扒開我的胸膛竄出。我當下失去了語言，失去了種族和國籍，意識在一瞬間被吸成真空，我像被刪除的檔案消失在所有人的記憶裡，包括我抱著入眠的樂樂，而最後我是不是摔得支離破碎，我不知道，因為我又哭著醒來，窗簾縫中透出灰沉沉的天光，像是落雨的黃昏，一點彩度都沒有。

醒了。茫然而虛弱地呼吸。

又躺了好一陣子，我才赤裸地下床，到廚房給自己倒了一杯水，走到窗前一口一口地喝，而當我抬眼一看，卻嚇得差點讓杯子滑掉。

是那一棵樹，經過了昨夜，原本光禿的樹枝吊滿了一隻隻垂眼低首的長耳兔，粗麻繩緊勒著頸部柔軟的皮毛，在風雨裡前後搖擺。我沒在谷裡見過這些兔子，牠們看起來全都死了，還被精心地依枝枒高低與身形排列展示著。是誰這麼做的？昨夜我一如往常地早睡，雨聲掩蓋過一切聲響。兔子從哪裡來？是誰屠殺的？我越想越覺得胸口窒悶，急忙拉起窗簾，把杯裡剩下的水給喝光。

明天，明天送食物的人會來，我如果留張紙條在後門，或許他就會告訴我怎麼回事。對，就這樣辦吧，或許明天起床什麼也都看不見了。

3.

「親愛的先生／太太：

我剛剛經過的時候，樹上並沒有任何被吊死的兔子。」

我看完紙條，馬上拉開窗簾。第九天的雨仍然滂沱，果然沒有任何被吊死在樹上的兔子。

我開始思索，從以前到現在，我的夢境是不是就是一種預言，預言下墜，預言消失，所以連在現實生活中，我都會有一種異常的直覺，知道自己眼睛看見的大多是幻象，我只要耐心等待，一切都會消失，並不需要為之心驚或痛苦，因為在本質上就空虛得不足以構成這兩種情緒。至於這樣的直覺有沒有出過錯，我搖搖頭，沒有。

所以吊死的兔子，也是種種巧妙的，我無法解釋的差錯構成的幻覺，就像，我在睡夢中「真實」體驗無數回形骸四散的皮肉之痛，我卻還是完好無缺地站在我的窗前看著空蕩蕩的樹……或許我該再寫張紙條問問收垃圾的人，算算日子，還要三天。

然而就在這一天夜裡，意外降臨了我準確的直覺之上。

4.

牠奄奄一息地癱倒在我後門的階梯上，白色的皮毛滿是泥濘與暗褐血跡，長長的耳朵沾了點被翻起的青苔。

我瞪著牠，一時間反應不過來，為什麼一隻兔子真的出現在我眼前？

兔子應該根本沒有存在過。

牠用盡所有力氣抬頭看我一眼，藍色的眼睛。當我發現自己在做什麼的時候，我已經伸出手將牠拾起，並關上了後門。

牠是一隻藍眼睛的兔子。我用沾了水的布條在燈下仔細擦拭牠的皮毛，牠的眼睛在我將牠抱起時就無力地閉上了。我擦拭牠的眼眶，暗暗希望牠再張眼讓我瞧瞧那樣奇異卻漂亮的藍眼睛，但我想牠太虛弱了。我洗淨布條，擰乾，繼續擦拭牠的前爪與長耳朵。

等我完成清潔牠的工作，夜已經深了。這是我多年來第一次這麼晚還沒睡，我看著牠窩在我為牠鋪的被團裡沉睡，不知不覺在椅子上打起瞌睡來。

我知道自己睡著了，因為我再次進入了熟悉的通道。每晚我沿著這條闃黑的通道往另一邊的光奔跑，卻總是無法預測它的長度於是突然墜跌在另一頭。今天不太一樣，我的步伐謹慎了，我摸索著前行，在洞口邊及時停住，然後我看見一個靜止遼闊的湖，松針鋪滿通往湖的小徑。它召喚我走近些，我搖搖頭，凝固的時間中一隻皮毛豐美、頭角曲折堅挺的野鹿輕巧以足蹄劃過無波的湖面，湖面的藍綠色漸漸摻入了橙紅色調，從深處擴散開來，我定睛一看，湖竟然失火了。

而野鹿也不知所蹤。

5.

「我叫作厄慈，謝謝你救了我。」

我一睜眼便聽見了這句話，第十天的雨聲作為襯底，天又亮了。是牠在說話。藍眼睛兔子。牠背對著炭火，長耳朵溫馴地垂下。我還在思考自己是否又掉入了另一個夢裡時，牠已蹦跳到我的腳邊，說：

「我和我的家人從另一個星球來，我會說你們的語言。」

我看著厄慈，有太多的資訊需要時間被消化，於是我說：

「你餓不餓？我去弄早餐，我們邊吃邊聊？你吃我們吃的東西嗎？」

厄慈點點頭，我不自覺以從小到大對待兔子的方式去摸了摸牠的頭，指尖刷過牠的長耳，說：

「乖。」

這話出口我便覺得不太對勁，兔子跟孩子原來在我的認知裡這麼相近，況且，這隻兔子會說我們的語言，牠看起來無害且溫和，就像……就像孩子似的。我實在找不出更確切的形容了，詞語的貧乏讓我有些沮喪，我轉身走進廚房。

「我可以幫忙嗎？」厄慈問。

「不用了，謝謝，我需要一點時間想想你將告訴我怎樣的故事，煮咖啡能夠幫助我思考。」

「你會不相信我嗎？」厄慈直起身子，倚著廚房的門框。

「……老實說，我從不知道我可以相信什麼。我選不出邊站，在中間的線上搖搖欲墜。」

「噢。」牠了解地點點頭，說：「那很辛苦。」

我不敢再說下去，胡亂點個頭當作回答。再說下去，我怕我會不能控制自己看起來的樣子，我請牠幫我鋪桌巾去。

「好的。」

我將咖啡倒進瓷杯，從液體的顫抖中發現了自己的。我盡可能拖延時間，我想聽厄慈的故事，卻又不想，彷彿原始的戰鼓聲隆隆擊著的同時我發現執矛的手軟弱無力，因為我隱約看到自己穿腸破肚任野蠅舔舐骨血的下場。我因何要在沒有地圖的情況下出發？又因何不？我許久許久不曾關心別人的故事了，而當故事意外地擺在眼前，虛軟至此的身軀卻又不能抗拒。當然我能告訴自己「不過」是一個故事，然而也僅止於「告訴」罷了，我清楚得很。

我端起托盤，吸氣，走出去。

6.

厄慈告訴我關於另一個星球和移民的故事，牠跟牠的家族「幸運地」被選中成為第一批可以移居其他星球的兔子。在牠們的星球上，只有兔子能夠存活，然而為了「更能」存活，爭鬥的慘狀可以想見。這一切聽起來十分合理，我沒有追問牠們怎麼被選上和怎麼過來這裡的細節，因為厄慈哭了起來，牠說，牠總認為每一隻兔子都應該好好對待另一隻，牠不懂為什麼強壯的嘲笑與判決弱小的，雖然事情總是像定律般進行，牠仍是覺得難過。我不知道怎麼安慰牠，只好插嘴問牠關於藍眼睛的事。牠擦擦眼淚說，牠的族裡只有牠跟妹妹西貝有這樣的眼睛，不過藍眼睛總被認為是軟弱的象徵，比如，牠會輕易地哭泣——像現在一樣。但我稱讚牠有一雙漂亮的眼睛，並問起牠妹妹。厄慈低下頭，沉默了一會才說：

「西貝被吊死在樹上了。」

我眼前當下浮現那天早晨從窗後看見的景象，啞著嗓子問：

「誰做的？」

「男孩們。」厄慈看著我窗外的樹，說：「我們降落在這裡的時候，大雨一直下個不停。西貝感冒了，她的身體在發燙，所以我們把她和其他瘦弱的小兔子們放進大樹的洞裡，然後想辦法去找食物，但是住在這邊的男孩們發現了西貝她們。他們把掙扎的西貝和小兔子拖出樹洞，用棒子從她們的腦袋重重擊下，我們趕回來的時候已經來不及了。爸爸要我去求救，他看到你的房子，他說總是個希望，或許有好心的人類，然後他們便要去阻止男孩們將奄奄一息的西貝和小兔子吊到樹枝上去，可是……我知道最後他們全都被吊死了。」厄慈的眼淚又掉了下來。

「你怎麼知道？說不定……牠們還……」

「我知道的。」厄慈低低卻肯定地說。

我也不好再追問，或許牠們有種特殊的感應吧。我不解的是，男孩們為什麼這麼做，還有，哪裡來的男孩，我從沒見過。

「你知道為什麼男孩們要這麼做嗎？」

厄慈搖搖頭，說：

「就像我不明白，在我們的星球上，為什麼總是沒有和平。」

「那你以後怎麼辦呢？回去原來的星球？還是……？」

厄慈用哭得有些發紅的眼睛看著我，說：

「你連我一起保護，好不好？」

7.

你連我一起保護，好不好？

我心驚地聽著這句話，無法回答。沉默了一會後，我說：

「……我該怎麼保護你呢？」我連自己都保護不了了。

「我以前，跟西貝說過同樣的話。我能了解你的心情。」厄慈的眼神一下子跌墜到另一個時空。

「……我需要一點時間，我已經獨自生活太久了。」

「嗯，對不起。」

「西貝的事，我很遺憾。」我也只能講這種無意義的話了。

「謝謝你。」

「你就先待在我這邊吧，以後的事，再說了……」

厄慈用微微濕濡的唇輕輕碰了我的手背一下。我用手指輕輕撫摸牠背上柔軟的皮毛，一瞬間眼裡竟然浮起水霧。

8.

我被裝在一只細頸瓶的底部，光從四面八方把我打亮。我看不見是誰拿著瓶子，只知道自己被懸在空中，實驗室的藥水氣味濃濃地從瓶口滲進來，散不出去。我被看著，卻不知被誰，被怎麼看著，我很想知道，但是光線使得我的瞳孔縮小成細線般。我很想被放出去，又害怕外頭的世界不是我所能想像的。我焦慮地用手觸碰著圓弧形的薄玻璃，像猴子拖著尾巴撞來撞去。我聽見有人叫我拍手，我不願意，他便把細頸瓶的瓶口封死。我不能呼吸，我必須拍手，我一拍手一切又恢復之前的樣子。我尖叫，不停尖叫，用最高亢的音調尖叫。我的腦裡開始缺氧，暈眩當頭罩下，沒入黑暗。

「醒醒。是我，厄慈。」

我張大驚懼的眼睛，看著枕邊的厄慈。我伸手摀起雙眼，說：

「你會離開我的，總有一天。我什麼也不是，不要再看我了！」

厄慈的臉貼緊我的，不再墜落而靜止在空中的感覺竟然同樣地接近死亡。我很想求饒，卻不知跟誰求饒。放過我吧，我暗自哭喊，不能再這麼繼續下去了。

9.

「西貝為什麼對你那樣說？」第十一天，雨，早餐時間我問厄慈。

厄慈替我將麵包塗上一層奶油和一層藍莓果醬，很細心地注意到我習慣的吃法，然後為我倒了一杯濃茶，才說：

「那年西貝還很小，她跟我一樣，不相信別的兔子會傷害她，所以她從不聽媽媽的警告，還是跟別族的兔子一塊兒玩耍。有一天，西貝沒有回來吃晚餐，她從沒有這樣過，媽媽很擔心，所以我便出去找西貝……最後我在河邊找到了流著血的西貝，她的藍眼睛被刺瞎了，從此再也看不見了。」

「怎麼會這樣？」

「西貝看到我，說她以為她就要這樣死了。她的眼睛不停地流著血，混著眼淚沾濕了她的毛皮。她說：『哥哥，我好痛，你保護我好不好？』我不知道她發生了什麼事，我心裡想：我該怎麼保護妳呢，西貝？所以我沒有回答她……很久以後我才知道，那一天，從小跟西貝一起玩的傑卡生日，西貝瞞著媽媽去參加，因為過了這個生日，傑卡就再也不是小兔子了，然而傑卡必須通過族裡長老的考驗。最後傑卡成功了，他刺瞎了西貝的藍眼睛。」

我摸摸厄慈的臉頰，心想我該幫牠做些什麼。收垃圾的人明天會來，我應該再寫張紙條問問他有沒有看到兔子，說不定兔子是被救走了，說不定西貝正在鄰居家養傷，總之這是個「希望」，我能做的也只有這樣了吧。

「我在想……厄慈，如果你願意，你可以留在這裡，只要你不覺得無趣……我從不出門的。」

「為什麼？」

我不清楚厄慈想問的是什麼，留下牠或是不出門這件事，然而我還是回答了：

「因為我一個人生活得夠久了。」

「我很喜歡你。」厄慈偎進了我懷裡。

「你以後會回去原來的星球嗎？」我撫摸著牠的耳朵，輕輕地問。

「如果我走了，你會哭嗎？」厄慈的藍眼睛一眨一眨的。

「我不知道哎，你呢？」

「我一定會把眼睛哭成紅色的。」牠認真地說。
「真的嗎？那麼，我也會哭的。」
「你常常哭醒嗎？」厄慈問。
「嗯。夢比什麼都還真實。」
「那麼，我也可以變成你的夢嗎？」
「乖。」我嘆口氣，以對孩子的口吻說：「你不會想要的，我也不。」

10.

我在滂沱的雨裡獨自行走，雙足不停陷入泥濘，前方不遠的地方就是樹了——「那棵樹」，我的頭髮——「很多年沒有修剪的頭髮」——重重地披掛在肩膀，像要將我壓入地皮，不過我還是得堅持往前走，因為我好痛，下腹的深處在撕扯。某一年我看過媽媽扶著浴缸的邊緣直不起身來，我叫她一聲，她只能吐出不振動聲帶的氣音。我想我現在跟她一樣，可是如果我能到達樹下，直覺告訴我，一切會好轉，然而雨聲就在這一剎那被抽離，樹急速頹倒，我匍匐，疼痛的深處一陣一陣釋放出濃稠髒血，「媽媽，這是什麼……」……

不意外的早晨又安好無缺地在我眼前出現。

十二，我撫摸自己的身體，沒有異狀，鬆了口氣。

我從來不把夢境告訴別人。從很小的時候我就知道，再怎麼生動的敘述都只有三種回答：「噢。」「噢！」「噢？」。不過媽媽會另外要求我睡覺前喝杯熱牛奶——有助於穩定過於好動的壞神經。她會說。

但是我討厭熱牛奶，這麼多年來我從沒遵照媽媽的指示，就跟西貝聽不進勸告一樣。

對，西貝。我昨晚擱了張紙條在後門，說不定已經有人回答我了。

「厄慈？」我下床來，喚了一聲。

十二，厄慈就這麼消失了。

11.

牠沒有任何理由消失的。

我反覆重演著前一天、前兩天、前三天的場景和對話，焦急地回想牠的表情和聲音。有什麼弦外之音是我沒有聽出來的嗎？牠冒著雨出門了嗎？或者，牠決定離開了呢？還是……

我急忙拉開窗簾，沒有，樹上沒有被吊死的厄慈。

「先生／太太：

我沒有看到任何的兔子，受傷，或沒受傷的。」

後門的紙條這麼寫著，我讀了一遍又一遍。

突然間，我開始懷疑一切都是個巧妙的騙局，包括厄慈為什麼奄奄一息倒在我的後門、包括牠講的關於另一個星球和移民的故事……事實上我沒有看見任何一個男孩，而兔子也在一天之內就從樹上消失，沒有人看見，除了我——或許根本是牠吊死了所有的兔子，然後編一個感人的故事……不不，厄慈就像個孩子一樣，說不定牠只是出去尋找西貝和牠的家人，等會兒就回來，我不應該這麼快下結論，我應該耐心點等牠……

我像灰燼一樣癱在門邊，連思考的力氣也沒有了。

12.

十三、十四、十五……厄慈沒有回來。

或許，是我沒有發現厄慈也只是一場夢，我不過是「比較真實地」夢見了牠的體溫和濕濡的唇？

是這樣嗎？

我看著自己的手臂，突然間不確定了起來。窗台、樂樂、媽媽……所有的影像，真的存在過嗎？不斷過去的事件、畫面，我要怎麼知道它們真正發生過呢？還有，我該怎麼確定自己是醒著的呢？

我總是聽見雨不停地不停地下著，雷鼾從山的彼端擾動氣流，爬上光禿的山頂，濕爛地皮鼓譟起來，整個谷底瀰漫著如瘟疫般的隆隆聲響，閉鎖地感染橢圓形山谷的每一吋土壤……

早晨，黑雲緊貼山丘，閃電劈開天蓋的那一刻，我驚醒。

媽媽。這是我唯一能發出的單音。

瑪淇朵與普魯托

1.

就在露淇亞踏出急診室的門往賣豬肝湯的攤販走去的當兒，她瞥見了一個隱藏在深夜裡的破紙箱。紙箱裡頭傳來兩種只能姑且用「哇哇」、「咪咪」形容的哭聲，露淇亞怔怔地環視零星的路人和櫃台後的護士——仍舊自顧自地走自己的路、看自己的粉紅皮小說，她不禁懷疑是自己眼花或得了幻聽。經過了漫長的一天，什麼錯覺都有可能發生。

露淇亞再定睛一看，果然有個紙箱。她蹲下身子，輕輕撥開了半掩的箱蓋，一個濕黏黏還裝備臍帶的嬰兒和一隻剛睜眼、低低顫抖爬行的小白貓在那一瞬間同時認了娘。瑪淇朵與普魯托，露淇亞這樣稱呼她的孩子們，小女兒與小公貓。

2.

在露淇亞模模糊糊的記憶地帶中，有這麼一段「緩慢的花園」的複寫。

緩慢到近乎靜止的花園，露淇亞嗅出了玫瑰的氣味，**夏天的玫瑰**，濃密甜味勾惹著發懶的小蟲。瑪淇朵戴著乳白的小草帽，鵝黃色絲帶花像蝴蝶一樣棲在她的帽沿。她還不太會走路，坐在玫瑰花叢前鏟著泥土，咿咿唔唔說著自己的語言。

普魯托，瑪淇朵的同箱小弟弟，在搖晃的鞦韆椅上沉睡，太陽將牠的皮毛烘烤得蓬鬆柔軟，脖子上的鈴鐺折射出金色的光束。露淇亞在這畫面外的某個地方看著，或許是樹蔭下，看著她的孩子們，憐愛地。

時間和空間都不流動，露淇亞的嘴角凝著微笑。

3.

「怎麼去了那麼久？豬肝湯呢？」露淇亞的媽聽見露淇亞走進病房的腳步聲，從瞌睡中醒來。露淇亞的爹腫著一張擦傷的臉，打鼾，裹石膏的那一腿墊得高高的。

「沒買到。」露淇亞坐到床沿，聳聳肩說：「反正爸又還不能吃東西。」

「醫生說他喉嚨乾可以用棉花棒沾水擦擦他的嘴唇，手術完他就一直嚷著要喝豬肝湯，沾一點在嘴唇上讓他嘗個味道也好，不然一整天都沒吃東西……」露淇亞的媽總是嫌露淇亞的爹在電視前吃飽睡、睡飽吃，難得肯順遂他的心願，露淇亞卻彷彿從很遙遠的高山上張看著這病房，一邊聽著一個女人細碎地重複不重要的事情：「……怎麼走在路上好好地就被人從背後撞呢……問警察也問不出個所以然來……這下慘了……半年一年都動不了了……」

「媽，妳可不可以讓大家都靜一靜？」隔壁床的老先生窸窣地翻了個身，一口痰哽在喉頭，呼吸時空氣掃過痰的表面發出一種藕斷絲連的聲音。

「妳怎麼總是這副不耐煩的德行。」露淇亞的媽低聲嘟噥道，安靜了幾秒鐘，又說：

「要不要吃點水果？今天下午妳叔叔拿過來的。」

「不要。」

「那……保久乳？」

「媽。」露淇亞鑽進溜索下的籃子，往更遠的一座山頭滑去。

「妳就是不得人疼，妳爸都躺成這樣了……」露淇亞的媽還是削了一只水梨，硬塞給了露淇亞。露淇亞不太甘願地張開嘴巴，滿手指甜黏汁液。

「弗朗契什麼時候來接妳回去？」露淇亞的媽最後選擇了一個比較不會惹惱女兒的話題，似乎不說話她的牙齦就會作怪。

「他很忙，而且他不太高興，掛我電話。」露淇亞抽了一張濕紙巾擦手，事不關己地說。

「為什麼不高興？」

「媽，哪個牌子的濕紙巾比較好？細一點，少一點香精的。」

「問這個做什麼？」露淇亞的媽追問。

「不久後我就得常用，給瑪淇朵和普魯托，一個在保溫箱，一隻在獸醫院，弗朗契兩者都討厭，但是我一點都不在乎。」露淇亞宣布道，鑽進山頂的獵人小屋將所有問題隔絕在外。

4.

至少有一點露淇亞是確定的：在這個花園裡，弗朗契從來不存在。

露淇亞不太想回憶弗朗契到底存在於哪些片段，模模糊糊一張臉，最好被消音，這樣她才有空間好好地收藏瑪淇朵和普魯托，和他們的花園。

弗朗契並不高興她擁有這些。露淇亞泡在浴缸裡歪著頭回想，漫不經心地吹開胸前的香水浴球。**只不過她也不太清楚是什麼原因**。她看著自己雙腿間又黑又密的毛髮在水裡浮動，忽然發現自己很久沒有按照弗朗契的意思將它們剃乾淨了。**弗朗契不喜歡，覺得髒**。露淇亞在水裡輕輕撫摸自己，腳趾頭在浴缸另一端蜷起。雖然水還溫熱，露淇亞卻感覺每一個毛孔都像浸在冷水中般顫顫地突起。順著背的滑行，她將臉一起浸入水中，緊閉雙眼，加快了撫摸的速度，一陣哆嗦之後她破水而出，露淇亞淺淺喘息，在全身肌肉的鬆弛裡體驗著無止境的安恬，是了，安恬。

5.

「我警告妳，妳沒有權力帶嬰兒和貓回家，在我沒有允許的情況下。」弗朗契一拳搥上鐵門，將露淇亞釘在他與門之間。

「我不想跟你討論這個，在公車上站了一個小時，我很累。」露淇亞閃躲了目光，盡可能穩住嗓音說。

「妳看著我說話！看著我！」

露淇亞依舊堅持低垂著視線，在弗朗契咆哮的瞬間，她以為繼鐵門之後，那一拳會找上她的臉，甚至預先嘗到了血的腥鹹，然而弗朗契只是差點揪住她的衣領。但露淇亞並沒有因此鬆了口氣，她感到身體裡面有股寒意從心窩向四肢擴散。

「我不想跟你說這些。」露淇亞連手指也凍得發抖。

「妳知不知道妳這個樣子看起來有多惹人厭？去照照鏡子！」弗朗契推她到落地鏡前面。

露淇亞依言看著，魂卻飛奔到高山上的獵人小屋唱著歌，不明白，也不想明白自己為什麼站在那兒讓人糟蹋。

「有一個小女孩和一隻小公貓，不好嗎？弗朗契以前不是這樣的。」露淇亞眺望高山上的雪線，喃喃道，風冷颼颼地將石楠花給吹翻了。

之後雪線和石楠花忽然消失了，露淇亞發現弗朗契熱熱的舌頭正舔洗她的耳朵，並從背後伸手解她的衣扣。她看著鏡中的露淇亞，衣服一件件被剝開，像在觀賞著一場發生在鬧區街道上的姦淫過程，沒有人抬起指頭報警，大家帶著一色一樣的面具觀賞，也沒有人叫好，就是看著，看著男人從背後插入那個名叫露淇亞的女孩身體裡面。

6.

露淇亞感到很快樂，給自己又加了點熱水，繼續半躺在浴缸裡哼著歌，不成調的，跟獵人小屋或森林小徑有關的歌，還有石楠花，不知道誰作的曲子，但是露淇亞再熟悉不過。

露淇亞計算著能夠再去花園的日子，瑪淇朵發燒發了好些天，普魯托也不太肯吃餅乾拌肉了，他們姊弟倆感情超乎想像地好，其中一個生了病，另一個也感到不舒服，依偎在一起不吵不鬧。

等瑪淇朵好一點，普魯托也有精神些了，或許應該先帶普魯托給獸醫師看看什麼時候可以結紮。這件事比什麼都重要。露淇亞心想。

7.

露淇亞躺在床上聽著弗朗契淋浴的嘩啦水聲，蒸騰的熱氣從門縫滲出，熱水器轟隆隆在後陽台呼嘯。弗朗契總是用著一種足以燙開雞毛的水溫洗澡，徹徹底底，以三十分鐘燙紅皮膚，完成消毒工作，然後水聲驟然停止，開門，走進臥室，說：

「換妳了，快去。」一面用大浴巾擦頭髮，再滑稽地左右甩出耳朵裡的水。

露淇亞閉眼裝睡，不願意回應。弗朗契掀開她的被子，再說一次：

「妳知不知道妳這樣很髒？」

「你別碰我我就不會髒。」露淇亞將被子拉回身上。

弗朗契突然沒了聲響，故意緊閉雙眼的露淇亞隱約擔心自己又惹惱了他，心臟怦怦撞擊著體腔。

「妳生氣了？」弗朗契出人意料地降低了姿態。

露淇亞一把抄起了床邊的浴袍，看也不看他，走進了充滿肥皂氣味的濕浴室，關上門，放水，嘩啦，聽不見弗朗契的敲門聲。

「露淇亞……？露淇亞……？妳為什麼要這樣呢？妳明知道怎樣會讓我很火大，我一生氣起來，就什麼管不了了。露淇亞……？該死，妳這瘋子，我們難道就不能好好溝通嗎？妳開門啊！」弗朗契貼著門板嚷。

露淇亞關上耳朵，在煙霧濛濛中滑進了浴缸。弗朗契將門敲得砰砰響，一次比一次用力，讓露淇亞不得不回道：

「不要一早起來就讓鄰居看笑話，可以嗎？讓我安靜一會兒，有什麼事等我把自己給『洗乾淨』後再說！」

「妳真的瘋了！我懶得理妳，總之妳不准把嬰兒跟貓弄進家裡來，妳聽到沒有？」弗朗契最後道，得不到回應後忿忿地穿起衣服，拿起一疊論文草稿甩門出去。

露淇亞知道，若不是等會兒他跟指導教授有約，他一定會把門板給卸下，逼她發誓絕對不會把孩子們帶回來，然而太遲了，露淇亞冷冷地在心裡想，孩子們都已經有了名字，瑪淇朵與普魯托，小女兒與小公貓。

8.

露淇亞想著想著，不知不覺就在浴缸裡睡著了。

露淇亞作了一個很詭異的夢，她夢見瑪淇朵和普魯托的親生爸媽，只不過在夢中那並不是一對男女或是兩隻貓，她只看見他們姊弟倆吸附著同一個胎盤，對於他們的爸媽，則是在一種十分強烈的感應中依稀「見到」了抽象的影子，但露淇亞知道他們並不相愛，而瑪淇朵和普魯托透明的身體裡有著一顆相連的小心臟，收縮的頻率像是一種電碼。露淇亞靜靜看著，然後醒來，發現自己淚流滿面。

電碼向露淇亞傳遞了一個訊息：

不要讓我們出生。

9.

「這樣來路不明的孩子還是不要吧！」隔著嬰兒室的窗玻璃，露淇亞的媽伸長脖子張望保溫箱裡粉紅色的瑪淇朵，一面小心翼翼地對身邊的露淇亞說。

「妳想想，為什麼她會被丟在路邊？不是未婚媽媽就是家庭不正常，養不起……有家族遺傳疾病或暴力基因怎麼辦？妳都沒考慮這些。」露淇亞的媽看她默不作聲，又多說了兩句話。

「想要孩子的話，就跟弗朗契把婚事辦一辦。年紀也不小了，他念博士還是可以結婚啊！結婚後自己生一個，不是挺好嗎？用得著撿路邊的孩子養嗎？」露淇亞的媽再進一步闡述自己的想法。

「如果不結婚的話，也沒關係，先好好工作，存些錢，過幾年再說。妳現在如果領養了一個孩子，再加上一隻貓，妳剛找到的工作怎麼辦？老闆不把妳炒魷魚才怪！」露淇亞的媽趁著這難得的機會，對不回嘴的露淇亞進行再教育的大工程。

「好好想想媽說的話，妳爸現在還躺著，我可沒有餘力幫妳帶小孩和餵貓。」露淇亞的媽又附加了一句。

露淇亞緩緩轉過頭來，對著把她製造出來的女人說：

「我辭職了。」

露淇亞的媽看著女兒眼底像積霜一般的成分，忽然間感到不寒而慄，搖搖頭喃喃自語地說：

「露淇亞……妳真的瘋了。」

10.

露淇亞抹著自己的眼淚，想起這些日子以來許多人對她的指控：瘋癲。

她承認自從有了孩子們的陪伴以後，她顯得過度地情緒化，可是她知道自己是故意的，故意讓情感像瀉水一般隨意竄流，終點在何處她不清楚，她只能確定自己很愛很愛很愛她的孩子們，並且不吝嗇表現出來。

這樣就算是瘋癲了嗎？露淇亞認真地想，瑪淇朵和普魯托全然地接受她的愛，從他們身上她看不見自己有任何瘋癲的成分，可為什麼其他人都搖著頭，帶著一絲憐憫匆匆用眼光掃過她懷抱孩子們的模樣呢？

11.

露淇亞到獸醫院領回了沉睡的小普魯托後，回到人醫院繼續履行她的義務，並在病房門口聽見了碗盤的哐啷聲。

「不吃、不吃，我說不吃就不吃！」露淇亞的爹終於有力氣吼叫。

「你不吃會好嗎？」露淇亞的媽忍讓地說。

「我不洗澡，全身不爽快，吃什麼吃！」露淇亞的爹橫眉豎眼，向來兩三天不洗澡、不刷牙仍覺得自在輕鬆的他竟破天荒自己提起了。

「要洗，我幫你搬張椅子進浴室，你把腳跨到馬桶上，別沾到水，再自己沖沖身體就行了。」露淇亞的媽疲倦地放下碗。

「有這種事啊！妳沒看見我腳打石膏，不方便嗎？換妳去在骨頭裡打鋼釘看看，看看妳能動不能動！莫名其妙！」露淇亞的爹並不領情。

露淇亞抱著貓籃蹲在病房門口，被噪音吵醒的小普魯托勉強撐開眼皮，虛弱地看了露淇亞一眼後又不支睡倒。露淇亞將一隻指頭伸進貓籃裡輕輕撫摸小普魯托的眉心，決定轉身離開。

12.

露淇亞踏出水已經涼了的浴缸，穿上大浴袍，在鏡子前梳理長長的濕髮。

其實有的時候，露淇亞不禁會懷疑，瑪淇朵與普魯托對她回報的又是多少的愛？除了餵食，她對他們具有多少意義呢？

還不會說話的瑪淇朵與不會說話的普魯托都不能回答她這個問題，然而不說話的姊弟倆卻堅持睡在同一個搖籃裡，任憑露淇亞怎麼把他們隔開都沒有用，小普魯托依偎在小瑪淇朵的臂彎，就像一起睡在她夢裡的那個紅胎盤上，心臟相連，呼吸頻率一致。

孩子們，噢，她的孩子們。露淇亞連呼喚都會心痛。

13.

當露淇亞帶著小普魯托回家的時候，弗朗契正在燈下修改他的論文，一手彈著菸灰，一手敲著鍵盤，看得出來不太順利，而露淇亞走進房間的第一件事就是開窗，並讓可憐的小普魯托盡可能遠離被汙染的空氣。

「我在修論文。」弗朗契說，意思是叫露淇亞滾出去。

露淇亞看了他一眼，不發一言走出去，在客廳為小普魯托布置好一個新買的藤籃，然後將牠放進軟墊中央，蓋上毯子。小普魯托醒來，咪咪咪淒厲地呼喚媽媽，露淇亞輕輕撫摸他，一面讀著小貓奶粉的說明書，並將小貓奶瓶拆封。

「妳在搞什麼鬼?!」弗朗契聽見了小普魯托的叫聲，衝出房門說。

「餵普魯托。」露淇亞頭也沒抬。

「誰讓妳把貓弄到家裡來的！」弗朗契咆哮，小普魯托的咪咪聲因害怕而越來越淒厲。

「這一半是我家。」露淇亞抱起普魯托。

「髒貓！閉嘴！」弗朗契掄起拳頭。

「我受夠你了！你這混蛋！混蛋！混蛋！」露淇亞爆出一聲聲的尖叫，弗朗契抓起桌上的幼貓罐頭往她頭上砸過去，熱熱的血滑下露淇亞的額頭，她呆楞在原地。

「我警告過妳的，別惹我。」弗朗契冷冷地將貓用品全部塞到一只大塑膠袋中，打開大門，扔出去，說：

「妳要不要留下來隨妳便，但是把牠給我扔出去。」

露淇亞的血流進眼睛，一生中從來不曾如此茫然迷惑，到底自己做錯了什麼，得這樣遭人仇視與糟蹋，並且還得隨時準備好張開大腿、翹起臀部。她一點也不明白，一點也不明白。

露淇亞順著弗朗契指著門外的手走出去，砰地一聲鐵門在她身後闔上。露淇亞的眼淚混著鮮血，一滴滴滲進小普魯托的白皮毛。

14.

露淇亞對著鏡子承認，在深愛她的孩子們的同時，嫉妒的火焰幾乎將她燒得面目全非。

有時候她會懷疑，孩子們並不是「全然接受」她的愛，而是覺得可有可無，想要付出的始終只有她自己。這種念頭在看著瑪淇朵與普魯托乖巧安靜、彼此依存的模樣時總越演越烈：或許根本沒有人需要過她，孩子們根本不想選擇被生出然後被遺棄。

15.

露淇亞的爹出院回家靜養，露淇亞帶著小普魯托和剛從保溫箱出來的小瑪淇朵，一同寄爹娘籬下，每天關在自己的舊房間裡與孩子們說話。

露淇亞的媽很擔心，不知道露淇亞跟弗朗契究竟發生了什麼事。從露淇亞那兒問不出個所以然來，於是打電話給弗朗契，弗朗契想接露淇亞回去的意願十分懇切，使露淇亞的娘迭聲同他道歉，說自己沒教好女兒，並娓娓道出露淇亞的拗脾氣讓她如何心碎。

露淇亞的爹仍舊動彈不得，在電視前茶來伸手、飯來張口，並有了不洗澡、不刷牙的正當理由，一頭汗臭的頭髮像被雨淋濕的死老鼠毛，香港腳越演越烈。他唯一的娛樂就是將腳底皮屑層層摳下，然後挨露淇亞的媽一頓罵與露淇亞經過時的一陣白眼，再搖頭大嘆妻子是個「只能同甘、不能共苦」的女人，女兒「忤逆不孝、沒心沒肝」，枉費自己多年來的付出。

露淇亞與這一切絕緣，她全心全意地照顧著孩子們，即便隱約聽見「雜種嬰兒、雜種貓」等字眼，她也出奇地平靜，不像從前一樣充滿怨憤地回嘴。至於弗朗契到家裡來演的那一齣真情記，她也只是挑起了眉看看，便一手抱著瑪淇朵，一手抱著普魯托走進了房間，然後鎖上。

16.

然後露淇亞回神看著自己，也沒有選擇地，一張臉與一個身體，莫名其妙被製造，經過了年歲的加工，變成一只破玩具任人拆手卸腳，零零落落一地莫名其妙的內臟，之後又一件件被丟入熱鍋裡熬、煎，汁髓都流了出來，從裡到外爛成一堆不成形的廢肉，充滿無限恥辱的廢肉。

17.

露淇亞的媽對露淇亞下了最後通牒，要她停止像個死人似的賴活，有什麼問題應該要「攤開來好好談談」，不要學她爸那樣，因為再這樣下去她「就快要」崩潰了。

露淇亞抱著剛吃過奶的瑪淇朵，在她背上輕拍；普魯托在露淇亞膝上乖乖地張看著，而露淇亞的媽刻意忽視這一幅天倫圖，硬是要露淇亞打開耳朵聽她說。

「弗朗契都說了，他最近壓力大，頭痛得要命，所以才一時控制不住脾氣。」

露淇亞把瑪淇朵放進搖籃。

「人家都去看了醫生，也吃了藥了，妳幹嘛要苦自己也苦別人？」

普魯托昂起下巴，讓露淇亞撫摸牠隆隆振動的喉間。

「妳該檢討檢討自己。」

露淇亞的手輕輕滑下普魯托雪白的胸前。

「露淇亞妳到底還當不當我是妳媽？」

普魯托皮毛下透紅的六個小點。

「求求妳饒了我吧露淇亞。」最後露淇亞的媽頹著肩說出二十多年來深藏的渴望。

客廳裡露淇亞的爹把電視開得震耳欲聾，差點蓋住了這一句虛弱的請求，但露淇亞自動濾去「碰碰——呃啊」的雜音，仔細看著她灰敗的臉，上頭寫著「折磨」兩個字，彼此折磨，綁在一塊兒彼此折磨，沒有原因地綁在一塊兒彼此折磨，字寫滿她的臉，露淇亞看得臉也灰敗起來，然後在另一個「碰碰——呃啊」的空隙間不由自主地回答：

「好的。」

露淇亞的媽在詫異中深深吐出了那一口積了二十多年的氣。

18.

支離破碎的露淇亞忽然感應到瀉水似的激情從她腸肚中流出，她快要承受不住，所有人都讓她受苦，孩子們更使這種痛苦在短時間內加劇了。

如果那天急診室前的箱子裡只有瑪淇朵，或只有普魯托，一切都會簡單許多，露淇亞能夠傾注每一個細胞的愛，卻又不必懷疑嫉妒，不必像現在一樣任情感踐踏得不知所措，躲在浴室裡頭茫茫然看著自己。

19.

露淇亞並沒花多少時間去思考如何跟弗朗契要一個結束，因為當她脫去麻木的外衣，答案便自動找到了她。她所必須做的只是勇於接受這個答案，接受，然後認可，如同脫下襪子後看見自己有十根腳趾頭那樣理所當然。

其實這說難不難，說簡單也不盡然。每晚在瑪淇朵與普魯托入睡後，她便開始在體內執行失眠的程式，張著眼重新慢動作播放八百年前弗朗契從抽屜裡選出墨綠色襪子的動作。那時候弗朗契還算體貼風趣，除了不允許她在床上說不，有點潔癖之外，一切還好，在朋友面前也是十足正義之士的形象，憎惡欺騙，憎惡花言巧語，憎惡濃妝豔抹……露淇亞想不通最後為什麼會變成這樣。「妳該檢討自己。」露淇亞的媽說，這讓露淇亞夜夜卡在這個章節動彈不得，眼睜睜看著天亮了，還是不明白，沮喪……自責……，然後終於在某天清晨忽地發現這個章節根本不存在：沒有理由。

下一章的標題：作賤與屈辱。

章節要旨：當一個人把自己／讓自己作賤／被作賤到某種程度，就會發現自己潛力無窮。

答案板閃閃發光。

20.

露淇亞打開浴室的門，「緩慢的花園」的複寫突然焊接上了她流動的眼光和思緒。

緩慢到近乎靜止的花園，露淇亞嗅出了玫瑰的氣味，**夏天的玫瑰**，濃密甜味勾惹著發懶的小蟲。

瑪淇朵戴著乳白的小草帽，普魯托在搖晃的鞦韆椅上沉睡，露淇亞在這畫面外的浴室門口看著，看著她的孩子們，憐愛地。

21.

露淇亞在打開車門前把鑰匙交給了車上的三個男人，然後推著嬰兒車裡沉睡的孩子們到附近的咖啡館等待。

男人們上樓，用鑰匙打開鐵門。

侍者向露淇亞推薦本日精選 Macchiato。露淇亞說：「最近我才發現自己根本不喜歡喝咖啡。」然後她點了一杯冰牛奶。

男人們將正在電腦前寫論文的弗朗契綁在床上，劃正字記號按約定次數輪姦他。

露淇亞一邊啜飲牛奶，一邊望著瑪淇朵和普魯托的臉，決定之後一定要好好思考這不知何以名之的關係。

男人們依照指示刪除弗朗契的論文。

露淇亞抱起普魯托，侍者上前說：「本店禁帶寵物。」露淇亞回答：「這是我的小兒子。」

男人們將論文草稿捲成筒狀捅進弗朗契的身體。

「可憐的弗朗契。」露淇亞悠悠地嘆息，看了看錶，從皮包裡取出三個裝錢的信封袋。

露淇亞對這一切其實沒什麼感覺，像被催眠一樣，她只是依從著直覺的召喚，就像弗朗契把貓罐頭往她頭上砸的舉動一樣，想終結什麼，想表達什麼，後果如何一點也不重要，她只知道自己從此解脫了，並且在將信封遞出去的那一瞬間，同時把無足輕重的弗朗契的影像給清除了。

22.

露淇亞抱起在瑪淇朵身上咪咪哭泣的普魯托，輕柔地哄著牠說：

「乖，普魯托，媽媽也好傷心，但是只剩下媽媽和你了，你不愛媽媽嗎？」

瑪淇朵因發燒而漲紅的小臉漸漸褪去了顏色。

復活

小蜜說她只看見一個腐爛的世界，大家都認為她病了，只有阿慶曾依精神分析觀點獨排眾議，說小蜜一點也不悲觀，她只不過試圖抗拒現實的惡臭，並用盡所有氣力在體內建立另一個不腐爛的世界而已。

可惜阿慶的話始終沒能安慰小蜜。一百六十三天前小蜜躺上床，從此拒絕醒來，睡著，就像死了一樣，而那一個所謂不腐爛的世界其實誰也沒見過。

自此我每日坐在小蜜床邊，讀故事給她聽，沒有聽眾的朗讀，常令我默然出神，但她不曾表示任何一點微弱的抗議，皙白皮膚下安然流淌的細小血絲也不曾淤塞成塊。平躺的靜默軀體。每讀一個章節我為她翻身，沒有任何內部撞擊的聲音，內臟沉寂，心跳不曾加速，空洞的胃不曾鳴叫。我私自揣想小蜜身體裡的一切是否真如她曾說的早已破碎混攪在一起，泥狀充填物靜謐柔軟地停滯，只是醫生沒有發覺而已。

小蜜停止腐爛了嗎？還是決心任自己的身體腐爛到底呢？我想起阿慶的話：「精神分析不適用於死人或睡了不醒的人」，我想他和我一樣沒有答案。

阿慶是小蜜的初戀情人，床頭書櫃裡整齊畫一擺著全套弗洛伊德英譯本與原文版拉岡文集。小蜜曾告訴我她某日作的一個夢：數十本精裝書禁不起床板的搖動全數砸在她和阿慶還交纏的身體上。**然後呢**？我問，小蜜笑了笑，說：**阿慶當然心痛死了**。我當下將她緊緊地摟進懷裡，**小蜜妳這個笨蛋**。我說。小蜜沒答腔，和我躺了一個下午，我們朦朦朧朧地一起睡著了。我夢見還裸著的阿慶細心將一本本名著排回書櫃，小蜜不在畫面裡，很可能我借用了小蜜的眼睛，只不過小蜜的心是暖的，我則塞滿冰涼涼的譏誚：肥白桶狀的陽痿肉團。

小蜜曾不只一次對我說，如果她能就這樣乖乖待在我身邊，「一切」都不會發生，「一切」都會很好。這兩個「一切」同樣模糊不明，但我曉得她的意思，這麼多年來我能做的也只有這個。小蜜是鍋裡炸的紅豆年糕，軟綿綿的內裡假酥皮，當酥皮被炸乾，小蜜從鍋裡游回我身邊，疲累地將頭靠在我懷裡時，她綿軟半垂的眼皮總像幅靜物畫被框起。是啊，靜物畫，在沉沉的倦意裡詭異地躺著一只初生的桃，嫩得彷彿一捏就掐出水來，讓我總不敢驚動。**小克**，她喚，**小克**。我向她保證我在，要她好好地睡一覺，醒來後「一切」都會變好。

醒來後的小蜜離開了阿慶以及其他，但一百六十三天前的情況不是這樣，小蜜沒能起鍋，她放棄一切努力直接躺在鍋底，酥皮或內裡對她來說都不再有差別了。

一百六十三天前我寫了一封短信給P，主旨：我無恥地再以信件打擾你是因為自認對你從來不曾懷有惡意，一切的不快並不具有實質。結論：我很遺憾。

P沒有回信，在時間的拖曳下，「惡意」與「不快」日漸變得荒謬且微不足道，「無恥」在他的漠然裡落實，「遺憾」則被我餵養得日益肥大，四蹄撐不起軀幹的重量，癱成一地，待宰殺獻祭。

我早已不知自己念給小蜜聽的是什麼故事，翻過一頁，突然遇見整面的空白，沒有任何字能讓我讀出聲了——我究竟讀過了什麼？

我和小蜜在一個假期裡認識了P，我們沿著與懶醜海岸線平行的高聳步道走著，度假群眾大多在底下的濁黃海水裡浸泡，腳踏髒滑海藻，趾頭不時陷進岩石的鑿痕，孩童無來由地互相追逐尖叫嘻笑。

小蜜那天靜得很，幾乎沒說話，只聽著我和P有志一同地批評這度假海灘。P指了指步道邊一棟棟土褐色磚砌的旅館前方，三兩遊客在大白洋傘下享受陽光。他說真凝重的海灘旅館，見了鬼才輕鬆得起來。我說小聲點，遊客還是有耳朵。P聳聳肩，一副我只是說實話的模樣。隔著太陽眼鏡我看不見他的眼睛，或許他是對小蜜說話。小蜜微笑，P摸摸她的手臂對她說，是妳聞起來好香還是海的氣味？我在一旁插話應該是海吧，雖然那一天海聞起來和看起來一樣乏善可陳甚至還帶著腥味，然後小蜜繼續聽著P說他成長居住的城附近的海岸模樣生得不同。

因我護著小蜜，直到假期的末尾她與P仍各自停留在「是海很香」這種令人倒胃的回答兩端。臨別那天P吻了其他女孩的雙頰道再見卻只吻了小蜜的手指，小蜜在我和P的注視下笑得很靦腆，但我知道我勸不住她的，故事才起了個頭。

不要再嘲笑我了。

無聲狀態的底層浮出小蜜的控訴，鬼魂似的回響。小蜜早固執地把聲音鎖在身體裡，是我自以為又聽見了。

不要再嘲笑我了。

小蜜在黑暗裡哭著，我看不見她的臉，只聽見一種類似動物被捕獸夾箝住皮肉發出的哀嚎。她其實已經哭了一整天，所剩不多的聲音乾涸地倒抽進體內，連哀嚎的邊也搆不上。我坐在房間的另一頭，默默聽著她對我的控訴，沒有任何言語可供辯解。小蜜的痛苦剝除了我的舌頭，我想說：我懂。我想說：小蜜，來我的身邊。我想說：我也痛苦。……巨大的沉默，最後把小蜜的哭聲完全包裹吞噬。她說：**這裡頭的一切全爛成一團了**。我看不見她的手，但我知道她將它們交疊在胸腹之上。

我想說：小蜜，妳是個好孩子。我想說：妳熬得過去。我想說：讓我靠近妳。……**小克。對不起。我好累**。小蜜睡了，像死了一樣，留我一個人在黑房間裡為她守靈，一百六十三天，從此我的繫年法與世隔絕。

是妳從頭到尾嘲笑我，用盡一切嘲笑，小蜜。

P和「阿慶以及其他」不同的地方在於：他對小蜜來說不曾半途腐爛，並始終在遠處兀自高貴著。形銷色解的是他對小蜜的善意，這善意架構出一只P的幽靈，在那個假期過後繼續生長——或說從虛空的內部不停向四方鼓脹，直至將小蜜的身體整個包裹起來。我和她騎著夏末午后的腳踏車輾過秋天的各色落葉繞經深冬的枯樹列然後沒入春天夜裡微微顫抖的花影，小蜜一貫地香氣瀰漫，卻與我無關。她在寫信給P時偶爾會微側過頭問我的意見，我靜靜躺著，不作聲響，因為我知道兩秒鐘後她會自己寫下她想要的句子，忘記曾經問過我，而我在萬千未被讀出聲的冷句子裡獨自燒一鍋的炭，烙自己的皮，荒謬地判決她與P之間一切文字死刑，虛質的死刑，甚至無法宣讀。

那是一鍋嫉妒的紅炭嗎？不。不是。

後來當小蜜倦懶的時候，便由我代替她寫信給P。

小蜜的倦懶不是沒來由的，也不是因為看見春花齊齊整整被栽在草坪上而感到索然無味。她的倦懶來自她用盡所有氣力去養P的幽靈，那只幽靈卻越來越不易饜足，它像餓鬼一般向小蜜求索更多、更多的養分，小蜜渴極了，面色蠟黃，但幽靈並不因此心軟，於是小蜜向我求救，她說：**小克，我再也擠不出任何字了。**

我仔仔細細將小蜜與P的信件從頭到尾看過幾遍，他們並不是停留在原地，P在忙碌中抽空寫信，雖然比較起來簡短得多，但往往是他推進線性故事情節；小蜜的信輻射出她的情緒、生活，以及對P的想念，有時提及我一兩句沒藏好的冷言冷語……林林總總，然而P只回應「想念」的部分，對他來說或許那才是人類情感的精華吧。我這麼安慰小蜜，但骨子裡清楚得很：P與小蜜養的幽靈相去甚遠。

小克，他是個好人嗎？我是說，至少不像阿慶以及其他……小蜜靜靜地躺在我身後，看著我寫信的背影，問。

我想說：我想是的。我想說：別胡思亂想。我想說：你們在一起會很好。

然而我什麼也沒說。

一百六十三天前，當小蜜展開信開始哭泣，寒涼的顫慄緩緩撩起我後頸一根根汗毛，爬下脊椎，侵入骨髓，在肉體深處無定向流淌，最後匯集在心室上某一點，擠壓、鑿鑽、噴湧。我推開小蜜，搶過信，一字一句仔細背誦，那鍋燒得乾紅的炭戚戚作響，我說小蜜妳是個永遠的輸家蠢得不如死了算了。

紅豆年糕似的小蜜，嫩桃似的小蜜，永遠玩輸的小蜜，愚蠢的小蜜，我還想告訴妳的是這世界從來不曾腐爛過是妳錯得離譜一塌糊塗。

我聽見小蜜痛苦的尖叫，一聲聲往峰巔上推。我自以為又聽見了，我沒有任何故事可以再讀下去了，妳不要再用這樣冰冷的屍身嘲笑我，我就快和妳一樣瀕臨瘋癲邊緣了。

我真的為一切感到遺憾嗎?小蜜睡後,我為她又寫了兩封信,輕描淡寫的問候,想再為她做些什麼,重新換得P一絲善意,讓她醒來,讓我們彼此原諒。我在她床邊為一切懺悔——P因為不回應而成為完美的聖者,金澄的銅身柔軟展翅飛入天際線;小蜜睡著,像死了一樣,她得以脫逃,她不在場——我卻每每困在他們之間難堪的無聲裡,製造著朗讀噪音,驅趕一切苦厄及甜美鬼影,讀著讀著讀進了死巷,噪音一止,便發現這些鬼影無所不在,自己卻不能一同死在盡頭。

遺憾的煉獄?不。我怎麼能繼續欺騙自己。小蜜與P聯手給了我一個貨真價實的煉獄,窗明几淨,無邊的寧靜,雀鳥藏身樹影輕啾啾地鳴,我乾掉的眼眶卻滴不出任何物質與非物質,哪裡來這麼輕易的遺憾?日日我爬上脆生生的窗明几淨,張望無邊寧靜與見不著的雀鳥;夜夜我爬下安排好的梯,想直接摔落亦不可得:明早還得晨起登高,等待P的信息或小蜜稍稍急促些的呼吸聲。

不。我一點都不覺得遺憾：讓我們一起毀滅吧。

P曾在給我的信上寫：**妳如此年輕，卻連一絲溫柔也不見，頑固至極**。事實上他分不出是我或小蜜寫的信，他的受話者永遠是那個「聞起來像海一樣的」小蜜。他也養了一隻溫馴甜美的幽靈，我錯在不願意成全他。倦懶的小蜜擺擺手，任我回信，她說：**我們都無能為力，不是嗎？回什麼沒有太大差別，不是嗎？**

我望著她，那一瞬間想拋下一切奔進她懷裡。她像個疲倦至極的母親，在嬰孩的哭鬧聲中奶水乾涸，卻仍是斷續地哼著搖籃曲，直到嬰孩和自己都入眠——那一瞬間我因不能成為小蜜的嬰孩而感到悲傷，永遠不能。

我想問：我們為什麼不一起離開呢？小蜜。

我想說：像「以前」一樣，離開「一切」。

然而我始終知道答案：永遠不能。

於是我寫下：我不再等待相見的日子，但那不表示我拒絕體諒。

我沒為小蜜寫的是：因為貪生，所以永遠離不開等待，漫無邊際的等待。

我已經警告過妳：故事結束。妳的瘋狂超乎所有想像，別再用妳那些縈繞不散的念頭來煩我。試著治療好妳自己吧。

一百六十三天前小蜜和我收到P最後一封信，我們被文字的矛砸得血肉模糊，神經斷裂。小蜜開始哭泣，我開始咆哮，用盡一切嘲笑彼此，小蜜尖叫道：**妳什麼都不懂除了判決妳一無是處永遠一無所有不要再嘲笑我了。**

所有的日子壓縮在這一句話中，強勁地重複播放。我的心臟隨著每一個音節抽動痙攣，我屏著呼吸等待某一天它倏然靜止，某一天始終不曾降臨。我是小蜜的守靈人，小蜜沉睡的姿態提醒著一切。第一百六十三天，我不再朗讀，躺上床緊偎著小蜜。小蜜我也累了，讓我們一起睡個長長的覺，醒來後妳就不是妳，我也不是我了，讓我們一起毀滅，穿越最深的黑暗，屠殺一切幽靈鬼影。當復活的時候來臨，我和妳一起住進同一具軀體，就像很久很久以前，完整透明的生長時刻一樣，妳的手就是我的手，妳的眼睛就是我的眼睛，我們一起寫封信給P，告訴他我們一起到他的城拜訪他。那一天將有最美好耀眼的日光，我們將逆光而行，閉上雙眼，向銀白色的出口走去，灼熱地完成我們的復活，不再為永遠所指稱的一切感到悲傷。

殘暴的消失

那一年喬在生日前夕試擬了一張邀請名單，她在電話中告訴我她將自己關在書本裡太久了想找回一些熱鬧，二十歲前那一種友伴不乏的熱鬧氣氛。她問我記不記得十八歲生日那天我和其他同學送了她什麼成人禮，我將電話夾在肩膀上一邊洗著草莓，說讓我想想，一邊對稍微軟爛的草莓皺緊眉頭，水聲嘩嘩，我其實想不起來，只道喬妳不會到現在還留著吧？

喬在電話那頭笑了笑，說早過期了，然後問我來不來，她把我擺在名單上第一位。我關上水龍頭，開始切起草莓，去除糜爛的部分，排在水晶盤中央，擠上厚厚鮮奶油花。我說好快啊一年過一年，十八歲像上古史一般。喬又笑了笑，問今年我們要去哪度假，我回還不知道，得看我男人何時休假再決定。喬又問今年是不是也不回國去，熱死了我說，習慣了這裡的氣候，回去連流汗都要人命了。以前我們不開冷氣也是能一邊吃肉羹麵一邊溫書的喔？喬的語氣有些惆悵。我將一盤草莓端到我男人面前，要他幫我拿好電話，他索性讓我坐在他腿上講，邊餵我吃草莓邊擠眉弄眼噓聲說沒見過這麼高級的服務吧，我輕揍了他一拳，對喬說生日真令人感傷啊現在，別想太多了，生日快樂囉。

謝謝。我的電話卡快沒了。先講到這兒了，晚安早點睡。

這是喬對我說的最後一句話。

這麼多年後我還是弄不明白那一年喬究竟在想些什麼，我們參與了彼此的上古史，我一直認為喬是一個再乖不過的好孩子，該念書時從不鬼混，該合群時不曾缺席，「認真向學、待人勤懇」，當年我取笑導師給她的評語一點創意也沒有，我記不得我取笑的對象究竟是導師或是喬，也想不起導師給我的評語又是什麼，然而我對喬不曾懷有什麼惡意的。「窗明几淨」是我給她的評語，喬笑著問為什麼，我聳肩說妳不覺得這貼切多了、有創意多了？我努力回想接下來她說了些什麼，隔著一張桌子兩個便當，很模糊，總之她沒有回絕，不過如果說從那個時候起喬就有什麼不對勁的地方，我想應該就是這兒了：沒有異議，不曾。

不曾吼叫不曾哭泣不曾動怒不曾偷懶不曾遲到……這些個詞換上了「經常」大抵可以概述我的上古史，南轅北轍，然而畢業後喬竟然一直和我保持聯絡，讓我感到很驚訝。我和她維持著一段不遠不近的距離，某年我失戀那天恰巧她打電話來，我哭得淅瀝嘩啦在電話那頭問喬我是不是真的像他說的一樣很霸道？其實我也不真的想要什麼回答，喬應該也明白這點，她耐心地聽完我所有的哭訴然後說：他只是不懂妳的好。這句話奇異地讓我平靜了下來，我訥訥地對她說謝謝，第一次真正意識到喬的存在，意識到我對她其實所知不多。

大學畢業後我和她分別出了國，到不同的城市繼續學業。一晃眼三四年過去，我書沒念多少男人倒換了不少，之間我不曾再見過喬，也不曾主動打電話給她，偶爾她打電話來問候我，多半是默默聽著我上天下地的抱怨，但我卻不曾覺得沒有聽眾，她全聽進去了，並且是很認真地聽。我問她會不會覺得無趣或不公平，她要我放心，要是她這麼覺得的話一定會有所表示的。

我不明白她在想些什麼，我和她共有的記憶空心得令人心慌。那一年生日前夕她在電話中逐一唸出名單上的名字，笑說A4的紙其實很大，字寫得再大也填不滿。我漫不經心地問起一些我不認識的人名，想避開有些寥落淒涼的氛圍，這讓我渾身不自在，也因此我對她的邀約不置可否，我最怕冷場了。事後我向名單上一個我和喬共同的舊識問起喬的生日派對，她和喬在同一所大學讀書，她當天得工作所以沒去，不過據她從旁探問的結果，當晚沒有人真的去了，因為喬在邀約的當下並不十分堅持，所以不論說好或說再看看的人都不復記憶，事後喬也沒再提起。

我知道喬一定準備了一桌的菜，準備了給自己的生日蛋糕，但我不知道那天晚上她是否哭泣是否感到委屈或者憤怒，當我想起這件事時已經是她生日的隔天，一早我被噩夢驚醒，我說糟了，我男人睡眼惺忪問我發生了什麼事，我說我幹了天底下最混蛋的一件事，然而我發現我竟然沒有喬的電話，連遲了的生日祝福也無從送出。

我對喬最後的記憶，也就是那一年她生日前夕到生日後三天這一段日子的記憶。除了我和她在電話中的對話，絕大多數是間接聽來的。她在那一年生日後三天消失了，消失在一切她曾經出現的場景中。我這麼說的原因是因為沒有人真正知道喬在想些什麼，或許她只是不想被我們找到，或許她決定遠行，她隔壁鄰居去警察局作筆錄的時候說她那天清晨開門拿報紙時似乎看到喬揹著旅行背包出門，但因為她還沒真正清醒，所以並不能確定，總之最後警察將喬歸入失蹤人口名單，並通知她的家人過來處理她留下的物品，其中唯一可作為線索的是一份喬的手稿，我那時才知道原來喬曾經試著寫過一些東西。

美琦——就是那個名單上我和喬共同的舊識——陪著喬的父母辦手續和處理喬留下來的東西。美琦說喬的父母擦著眼淚不停說喬從來都是個不讓人擔心的乖孩子，不知道為什麼會這樣，一定是被人拐騙或是綁架了，然而隨著時間沉默地過去，勒贖電話始終不曾響起。喬消失得安安靜靜，徹徹底底，這巨大無解的謎讓我日夜都不得安寧。我男人受不了我歇斯底里的焦躁，或說愧疚不安，拋下一句「妳有病」就瀟灑地離開了。也好，沒了他我才能獨自仔細思考，將喬留下的蛛絲馬跡理出個頭緒。我和美琦通了幾次電話後決定坐火車過去和她見個面，我想知道喬的手稿上寫了些什麼。美琦說喬的父母走前託她將這幾箱「遺物」寄回國，所以目前手稿也還在她那兒，她說她寄出前可以幫我影印一份。掛上電話後我躺在地毯上一動也不動，腦袋一片空白，日光直到晚間十點才肯隱沒，我回神的時候已經接近午夜，突然間我哭了起來，不知是為了喬哭還是為了自己，我「辜負」了她，我以為她一直都在，甚至不曾費神去「以為」，然而她消失了，是抗議？是控訴？是委屈？是憤怒？都是，也都不是，喬什麼也沒表示，她對一切沒有異議，喬成了永遠，永不腐爛的永遠。

那一天一早天氣陰陰的，等我抵達的時候不尋常的淒風苦雨已經籠罩了整個城。我走出火車站，搭上美琦告訴我的公車，車上瀰漫著三三兩兩的睡意，密封的暗臭在車廂裡交雜，停滯不動，玻璃窗浮著一層水霧。我用額頭抵著窗，想減輕突來的暈眩，從前一天晚上起我就吃不進任何食物，眼下的黑圈重重地垂著，我知道自己看起來像隻剛從墳裡爬出的鬼，沉甸甸地拖著應該不存在的身軀，窗外緩緩流過的一連串街景，每一格畫面都彷彿飄著喬的影子，但我想對號的當兒畫面早就流逝，徒勞，愚痴，荒謬。到站了，我搖搖晃晃下了車，是個廣場，約定的咖啡店的招牌就在不遠處。

美琦比約定時間晚到了半小時，我一個人坐在落地玻璃窗旁，被煙霧包圍，灰濛濛的街景而今定了格，我的暈眩卻仍頑強地持續，我睜著雙眼與之對抗，辨認一張張經過的臉孔。老實說就算喬真的經過我面前，我可能也認不出她來，能怎麼辦呢？我的生活被剜出了一個大洞，記憶也是，原先不見光的時候我與它相安無事地共存著，現在它如此窗明几淨，我突然覺得難以為繼了，什麼東西難以為繼？我無法太清楚地描述，或許是我整個的人生吧，喬的消失引發了這一切，但又不必然與她相關，因為我感覺早有什麼東西潛在已久。

美琦帶了她男人一塊兒來，我點頭打了個招呼便將他排除於對話外，無心多言。美琦從包包裡拿出一疊薄薄的A4紙，說其實只有五張左右。我問她讀過了嗎？她說她忙著工作只匆匆看了一眼，然後我被喬的字跡吸了進去，忘了回答她也甚至在閱讀的同時忘了她和她男人的在場，直到她問我喬寫了些什麼，我說看起來是篇小說但我不確定，她又問我和喬認識很久了嗎？我們是高中同學，我回答，眼淚啪的一聲又滾了出來。美琦和她男人急忙找面紙遞給我，要我不要太難過。我用破碎的句子問美琦，有沒有，任何，一點徵兆，在喬，消失前？美琦搖頭，絕望襲擊了我。

不過，美琦說，我一併把原稿背面印下來了，是地圖，可能是喬印壞的，看不太清楚，我跟妳說過她鄰居好像看見她揹著旅行背包吧？我點點頭，將A4紙翻過來，不知名的城市，有河流經，喬用筆圈出了幾個地方。我問這份影稿可以留給我嗎？美琦說她留著也不知道要做什麼，她補充，雖然她也為這件事感到很難過。

沒多久後美琦說他們晚上有事得先走一步，很抱歉不能留我過夜，我說沒關係我找個旅館窩窩就行，可能明早就回去。那保重，美琦說，然後他們便離開了。我不知道自己在店裡又坐了多久，也不記得自己怎麼找到旅館的，一打開房間門我便倒上了床，四面八方遊蕩的疲倦匯集了起來，將我拖進了深深的睡眠中。

那是一個城的地圖，一條河以橫躺、背對觀圖者的S形姿態割出了區塊，路名模糊不清，城中心有看似教堂、城堡與圓形劇場的小圖示。喬圈出的地點一在河東，一在河西，都不在主要觀光景點的範圍內。

我一早醒來，沖了個澡後覺得精神好了一些，暈眩感也消失了，只覺得餓，於是帶著喬的手稿在旅館附近找了家咖啡店吃早餐，就著日光仔細研究那張地圖，這一天天氣放晴了。

我端詳了許久，還是無法從記憶中拖出任何一點與之相應的部分，翻過背面，我仔細再讀了一次喬寫的，不知能不能算故事的東西……**一百六十三天前小蜜躺上床，從此拒絕醒來，睡著，就像死了一樣……自此我每日坐在小蜜床邊，讀故事給她聽，沒有聽眾的朗讀，常令我默然出神……**喬寫的「我」是她自己嗎？小蜜是誰呢？這所有的記載都曾經發生過嗎？發生過的到底又是什麼？我說不出個所以然來，我甚至不太能相信這是出自喬的手，她曾寫下的文字與她打印在我腦海裡的形象無法統一，然而隨著我一遍又一遍的閱讀，文字漸漸覆蓋了她的臉，她曾有過的表情從此模糊難辨，面目全非的喬，剩下一個名字和電話裡最後的聲音，晚安早點睡，喬說，一百六十三天前小蜜躺上床，從此拒絕醒來。

一定有些事情發生過，有種細小、不可辨識的聲音在我耳膜裡騷動著，但，是什麼？是什麼呢？我當時的沮喪混合著一些憤怒，晚安早點睡，這句話遮蔽了一切。在喬的事件裡我始終都是個失明者，喬剝奪了我的視力，遠走高飛——這樣的怪罪毫無邏輯可言，卻奇異地成為我對整個事件的結論。那一天下午在回程的火車上我自動結了案，開關新檔案夾將所有無頭的線索關了進去，日子繼續。

這一年我三十歲，仍然在國外遊蕩，拖著博士班學業過日，在與指導教授會面的時候努力表現勤懇認真：我已經沒有時間可以揮霍了。

家裡三催四請要我回國工作或嫁人，我說我自力更生完成學業，索性不拿家裡的錢了，然而這樣堅持的情操實在可笑，我花在學業上頭的心思寥寥無幾，淹留不過是一種常態，或說習慣，懶於在平靜的洋面興風起浪。論文一日不生出來，這世界就沒有改變的必要，雖然我明知我來日不多。

與我同一年出來的留學生絕大多數都已離開，當初身邊帶著男人的極少修成正果，分分合合對象不同是常態，也沒見過誰因此心碎而死，然而滾過一圈後大多還是回國嫁了人，偶爾捎來的訊息平庸瑣碎得讓人提不起勁來回。早生貴子，祝妳幸福，我沒有別的話好說了，走到這個年齡的關卡，想要激動起來很難。

這一年生日那天我買了一盒草莓慰勞自己，之前很多年春天我都錯過了草莓上市的季節，不知道是為了什麼，等到我想買的時候，草莓總是奇異地從市場上、貨架上消失了，取而代之的是櫻桃和油桃，但我不喜歡中間有核的水果，吃起來總不盡興，所以這一年我決定見到草莓就買，特別是生日那天。

那一段時間我身邊是個二十歲的男孩，我迷戀他在一長串活跳跳的敘事過程中忽然不說話認真看我的表情。「線性連續」中嵌插的「間隙」開啟意象的本體，他偎過來親吻我的時候我在他耳邊開了這麼一小節論文。他孩子氣地生起氣來，在我面前妳難道不能稍微忘記那些理論嗎？他抗議道。我回答親愛的我在稱讚你的美無與倫比，超越一切「擬現」手法，為什麼要生氣呢？

我當然知道他在生氣什麼，我故意逗他的，或許比逗字多出一些惡意，我想傳遞的訊息或許是：嫩孩子，我八年的青春都留在這兒了，你在想什麼我會不知道嗎？你甚至不必攤牌我就知道你跟別的女孩兒搞上了，你甚至不必對我露出嫌惡的表情我就會把你的東西打包丟出門外了。

我以為我早馴服了必備的殘酷，內化到我的身體深處而不產生排斥；我以為我早體悟到一段關係開始得毫無道理，隨時可以抵達終點站而不感遺憾——我以為我已經死了，哪裡還有活著的痛覺神經，然而當我抱著一盒草莓和一罐鮮奶油走進家門發覺男孩將他的東西搬得一乾二淨手機號碼成了空號的時候，我傻笑了起來：殘暴的消失攫走一切扔下荒原。不死的喬。我以為我已經忘記。

喬在這片沒有河流的荒原上走著，從她二十六歲生日後三天開始，不，或許更早，早在還熱鬧的上古時期她就開始行走了，緩緩從她的荒原一路走到了邊際，她走出了界，毀棄了自己的形體，進入她為我創造的，我的荒原，寸草不生，所剩不多的廢墟持續被風沙無聲侵蝕，線性連續中嵌插的間隙開啟意象的本體**殘暴的消失攫走一切扔下荒原**親愛的我在稱讚你的美無與倫比超越一切擬現手法**謝謝**為什麼要生氣呢**我的電話卡快沒了殘暴的消失先講到這兒了**意象的本體**晚安早點睡**在我面前妳難道不能稍微忘記那些理論嗎線性連續中嵌插的間隙開啟意象的本體**一百六十三天前小蜜躺上床殘暴的消失攫走一切扔下荒原從此拒絕醒來**為什麼要生氣呢睡著就像死了一樣**一百六十三天前小蜜躺上床**自此我每日坐在小蜜床邊**扔下荒原**讀故事給她聽**晚安早點睡**沒有聽眾的朗讀開啟意象的本體常令我默然出神**晚安早點睡殘暴的消失。殘暴的。消失。殘暴。的消失。殘。暴。的。消。失。**

三天前是我三十歲的生日。廢墟們喧嘩地醒來。

那是一個城的地圖，一條河以橫躺、背對觀圖者的S形姿態割出了區塊，喬在上頭圈出了兩個地方，紙又老了四歲，更加無法辨識。

喬的手稿有兩處關於旅行，都跟P相關，其一：**我和小蜜在一個假期裡認識了P，我們沿著與懶醜海岸線平行的高聳步道走著**。其二是手稿末尾的地方：**當復活的時候來臨……我們一起寫封信給P，告訴他我們一起到他的城拜訪他**。地圖上沒有海岸，難道，喬真的跟小蜜一起去了P住的城？

我躺在地上，等待著電話或門鈴響起，感覺餓的時候，就抓起草莓，擠上鮮奶油嚥下去。我沒有別的事好做，連男孩的臉也不願去想，所以拿出喬的手稿，打發難熬的、什麼都沒有發生的時間。我等著男孩回來嗎？等他說這是給妳的生日驚喜？我想著前些天的對話嗎？想著任何消失的徵兆？我在醞釀著眼淚嗎？讓自己大哭一場就沒事了？我準備著沒有受話者的情話嗎？排演他一回來的重逢場景？還是這他者全該由喬的名字取代？我等著喬回來嗎？等著她打電話來說這是給妳的生日驚喜？這些年我都在旅行，妳知道，我把自己關在書本裡太久了想找回一些熱鬧，其實我不認識什麼叫作小蜜的女孩，更沒有跟她一起去旅行，我決定自己消失一陣子，啊——正確地說是四年，旅行是一件很熱鬧的事，妳不覺得嗎？我在夜車上夢見好多好久不見的朋友，甚至夢見大家穿著新娘禮服在同一間更衣室裡等著一起拍婚紗照，妳也在呢，我看見妳靜靜被罩在一襲華麗的婚紗裡，複雜的白蕾絲讓妳不得不端莊坐著以免弄皺了，真不像妳，可惜我沒看到妳新郎的模樣……啊，四年，我覺得夠了所以回來了，可是因為買不到票的緣故，來不及趕上妳的生日，我現在在妳家樓下的電話亭，妳可以下來接我嗎？

我衝到窗戶旁邊，用力撥開窗簾，慘白的日光灌進室內。

騙子。

喬妳是個騙子。

妳的謊言天衣無縫，完美得讓人無法拆穿，妳攫走一切扔下荒原。

不死的喬。不死的謊言。

電話亭裡什麼人也沒有。

當草莓和鮮奶油都耗盡了以後，我成了一隻餓瘦了的鬼，肋骨與骨盆連皮浮現。我沒有死，我死不了，沒有任何人來驚動我的一息尚存，我的神智分外清明，飄升到常態的上空，高高俯視我乾癟的肉身，大睜的、眼骨突出的雙眼，它們看著，看穿天花板，抵達天空的深處，發現我的存在，靜止在等距的對望。我看著我，之間沒有任何阻隔，天花板是透明的，天空也是，沒有雲沒有顏色沒有飛過的鳥列沒有早晨黃昏之別，日光仍在，無聲無色靜止不易覺察，把夜晚阻絕在外，維持著這場凝視的空間，甚至時間，唯一在變化的是我的臉，前因後果事件經過故事場景在上頭糾結扭曲，鼻子易位嘴唇分裂耳朵扭轉皮膚塌陷，只有眼睛固守原位，牢牢嵌在它們的坑裡，死命看著，看著完美的看不見的荒原與謊言一點點一點點覆蓋整個臉的面積，廣漠扁平無邊界無表情，直到一切完成，蓋上坑洞日光隱沒定止不動風沙不起，喬輕溜溜從已填平的坑裡被推擠出來，跌在柔軟的沙上我的臉皮上。她幽幽怨怨地說妳為什麼還不放過我？妳瞎了也啞了，還想怎麼樣呢？還想聽我說故事嗎？好，如果這是妳要的，將妳的耳朵推回原位，我來告訴妳發生了什麼事，那一年我擬了一張邀請名單，妳的名字在第一位，但是那不代表些什麼，只是一種編年體例，一路下捲中間的過客也不代表什麼，妳漫不經心地問起這些人名，沒有耐心將名單捲到盡頭，名單的盡頭有一個名字，對妳來說與其他名字一樣平庸，對我來說卻是全部，接下來的故事更是平庸，平庸的全部，妳聽好，在我生日那天他殘暴地消失了攫走一切留下荒原，我哪兒也沒去躺在地上整整三天，我沒有死，我死不了，沒有任何人來驚動我的一息尚存，然後我發現我又瞎又啞只剩聽覺和一隻還能動的手，我聽著某個聲音告訴我的天大的謊言然後用手記了下來，其實我最恨旅行了妳不知道嗎？是啊妳不知道，妳什麼都不知道，妳永遠也不會知道我去了哪裡，不是嗎？

喬輕細細笑了起來，不死的笑，他媽的不死的連續。

鎮魂

他的頭顱和他的琴順水飄來，暗紫、濃綠、鎏金水藻纏繞斷弦，在河中央燦燦浮動，為他瓷白的臉引流。日復一日，不腐的琴與皮肉，她們在岸邊害怕地別過頭去，議論紛紛，不敢確定自己看見了什麼；日復一日，直到沙渚阻絕了他的漂流，鷺鷥降臨琴上，端詳，遲疑，想啄出閉闔眼皮下的眼珠時，她結起裙襬，赤足涉水驚嚇了鷺鷥，濕淋淋撈起他的頭顱和琴，仔細放生了水藻，走回河岸，端詳，遲疑，著迷，嘆息，多好看的一張臉。忽然間赤紅小水蛇從他空洞的眼窩中鑽出，一條，兩條，三條……她數不清了，弧狀溜過她手臂，滑進泥地，向四面八方逃散。她的尖叫被驚嚇凍起，悶在喉間，原來她一直緊抓的頭顱與琴瞬間從裡到外爛透成漿，從她的掌心漏下。她的青春為加速降臨的時間劫掠，一彈指間便成了雞皮鶴髮的老婦，親故不識，坐在村前的井邊唱歌。

烈日，海灘上的圓石一枚枚被烤得乾熱，瑪麗亞從浪裡游出，金澄澄向我走來，隔著厚浴巾和薄洋裝，我的背仍是一枚枚地灼痛著，我看著她一貫優雅的步伐踏過不平的海灘，直到蓋住了我臉上的日光，防曬乳形狀的黑影降臨，她說，幫我個忙。

我假意瞇眼瞧著她，一副看不清來者是誰的模樣，卻早把她濕淋淋三角泳褲邊緣生產留下的橫疤瞧得一清二楚，她的身材恢復得很好。我接過防曬乳，將浴巾讓給她，跪在她身邊，解開她背上鬆鬆結著的泳衣，擠上油油的乳液，用雙手推勻。

「天氣真好。」瑪麗亞發出滿意的嘆息：「好舒服。」

我不知道她指的是天氣還是我的服務，嗯了一聲雙手滑過她的腰。

「妳真的不下水游泳？今天海水很暖。」

我笑著搖搖頭。

「可惜呢。」瑪麗亞自己解開泳褲兩邊的結，大方地褪下輕薄的布料。

「尚和寶寶都還在午睡？」瑪麗亞又問。

「我不知道，妳在游泳的時候我一直待在海邊。」我輕輕揉過瑪麗亞的臀線，來到雙腿。

「既然妳不下水，等會兒妳能不能回旅館幫我看看寶寶？」瑪麗亞自動翻過身來，全裸地面向我。我有些不好意思，抓著防曬乳不動。

「怎麼了？」瑪麗亞張開眼睛，問。

「剩下的部分妳自己擦好了，我現在就回旅館看看。」我小心地將視線固定在她的臉上。

「妳真是個可愛的孩子，臉紅了呢。」瑪麗亞接過防曬乳，發現我的羞窘。我回她一笑，說：

「妳要不要我幫妳帶些什麼東西喝？」

「妳去樓下吧台幫我叫一瓶冰可樂吧，帳記在我們房間，順便問尚要不要過來。如果他要過來，妳叫他幫我拿可樂來就好，妳留在房間照顧寶寶吧，我看妳一副快被曬暈的樣子。」瑪麗亞好心地吩咐。

「好，那我去了。」我套上涼鞋，笨拙地走過圓石，踏上步道的時候我回頭看了一眼，瑪麗亞迅速地擦完了防曬，戴上太陽眼鏡，裸身迎接烈日。

我輕輕轉開門走進尚跟瑪麗亞的房間，寶寶很安詳地睡著，尚在白床單裡張著眼看我摸了摸寶寶的臉，他輕柔地說，過來。

我以為他還睡著，微微驚詫，但還是不由自主地走近了床。他拉起我的手，又說了一聲，過來。

我跪上柔軟的床，洋裝裙襬輕輕皺垂在膝旁，尚灼熱粗厚的掌心探了進去，摩擦著我的皮膚，找到底褲的邊緣，看著我，等待我的拒絕。我踢掉了涼鞋，任他拉開我胸前的蝴蝶結，洋裝擦過我的臉，墜地。寶寶睡得很安詳，尚覆蓋了我的身體，捧起我的臀，我的胸。瑪麗亞在海邊等著她的可樂，我在尚耳邊說。噓，他吻住我的嘴，進入我的身體，像潮浪一般起伏，他的意思是，瑪麗亞可以等。

瑪麗亞跟尚手牽手從海邊回來的時候我正為寶寶沖泡牛奶，瑪麗亞曬黑了一圈，一進門將海灘袋一丟，躺進床裡，說：尚我起不來了。

尚哄著她先去洗澡，等會兒要吃晚餐了。我知趣地提起寶寶的搖籃，拿著奶瓶開了通往隔壁小房間的門，對他們說我去隔壁餵寶寶。

瑪麗亞對我笑著說謝謝，一會兒餐廳見。尚補充八點左右，我點頭說好，走到隔壁房間，不一會兒我聽見清脆的門鎖聲。寶寶在我懷裡規律地吸著奶瓶，瑪麗亞斷斷續續的呻吟穿透門板，寶寶打了個飽嗝的時候隔壁房間傳來蓮蓬頭嘩嘩的聲響和他們的笑鬧。

我刻意晚了十五分鐘才帶著寶寶下去和他們會合，果然預約好的位子上仍是空無一人。侍者讓我坐在入口的藍絲絨沙發等，大約又過了十分鐘才見瑪麗亞飄飄的衣裙偎著尚滑進餐廳，她說真抱歉我花了太久時間吹乾頭髮。

我們坐定後尚問我和瑪麗亞要點些什麼，瑪麗亞客氣地看著我要我先決定，我說我沒有意見，瑪麗亞對尚說那就幫小碧點去年我們試過的什麼什麼，小碧一定會喜歡。我一路微笑著，不很專心，尚趁瑪麗亞在看菜單的時候迅速以眼神與我交錯，隱密燃燒的光芒，我維持著不在場狀態，直到侍者收走了菜單，瑪麗亞說：

「小碧啊，這個假期有妳幫忙照顧寶寶真好。不是嗎？尚。」

尚點點頭，回應了瑪麗亞的話：「小碧很細心。」

「寶寶很乖的，我倒沒有什麼工作的感覺，像度假一樣。」

「告訴我，小碧，這周末回去後妳要做些什麼？」瑪麗亞問。

「把我這幾天的讀書筆記整理整理吧，要開學了。」

「當我們在海邊無所事事的時候妳都讀了什麼，小碧？」尚開玩笑地看了瑪麗亞一眼，問。

「一些神話和民間故事，滿有意思的。」我回答。

「比如說？」尚又問。

我隨口講了幾個，尚和瑪麗亞看似很專心地聽著，但侍者上湯時打斷了我的敘述後沒有人再自動接續這話題。瑪麗亞稱讚濃湯裡的肥美龍蝦，尚吩咐侍者拿某年分的香檳過來，寶寶在籃裡安詳地睡著，小碧獨自想著順水飄來的頭顱與琴，一邊笨拙地鏟起沙拉。

尚在瑪麗亞熟睡後來到我的房間，我在黑暗中刻意閉起雙眼，感覺他的手指輕輕擦過我的臉頰，他喚，小碧。

我合作地張開眼，問，怎麼了？先看了看安詳睡著的寶寶，再轉頭看他，尚用拇指輕撫著我的唇，說，小碧，我睡不著，因為想著妳。

他的眼睛在夜裡深幽幽地閃著光，熟練地等待我的拒絕，我吻吻他的手指，他托起我的臉，我的身體等待著他，妳在想什麼？小碧。尚親吻我的耳朵，說。什麼也不想。我迎接他的身體，讓自己被穿透，什麼也不想。

我的孩子，小碧，妳是我的孩子。尚在我耳邊低聲地宣稱，最後一挺，完全降臨小碧的身體。

假期的最後一天尚開車載我們回去，原該先經過我的小公寓，卻因寶寶不停哭鬧使瑪麗亞決定先帶寶寶回家。到達時她邀我進去喝杯茶，要尚晚點再送我回去，我婉拒了這個邀請，推說有些文件得整理。瑪麗亞也不堅持，親了親我的雙頰後拉起寶寶的手對我搖搖說再見，歡迎妳有空時來家裡坐坐，瑪麗亞在寶寶越演越烈的哭鬧聲中說，眉頭稍稍皺了起來。我說謝謝，再見，上車前瑪麗亞叮嚀尚：親愛的，別忘了把支票拿給小碧。我的酬勞。

尚一路沉默地開著車，到達我小公寓前卻不停下。我安靜地坐在我的位子上等待他先開口，他什麼也沒說，繞著一個個星形廣場。我最後說，瑪麗亞在等。

妳真冷漠，這樣溫柔卻冷漠的口吻。尚看著前方，說。

送我回去吧，上來坐坐。我說。

他的手從排檔上降臨我的手，灼熱地覆蓋，攏起，我無能為力：小碧無能為力。

尚每星期三下午上完課、處理完事務所的事後到晚餐前有一段空檔。我排開了課，在家裡等他。天氣漸漸冷起來後，天黑得也早了，常常我有種時間的錯覺，覺得尚是在晚餐後來，像是結束了一天的工作應酬回家，但事實上當他的頭顱棲在我的胸前，眼角掃向床頭的鐘時，往往是晚間七點。我得走了，能借一下浴室嗎？他總客氣地問，漸漸地我閉起雙眼不願意回答這個問題，有一天他得不到我的回答後說：小碧妳變了。

我張眼看他深不見底的眼睛，我說，變得很庸俗，是嗎？然後自顧自地笑了起來。人都是會變的，喔？

馬上停止這種嘲笑。我是認真的。妳這種態度讓我不想再看見妳。尚走進浴室，淋浴，不使用我的肥皂或沐浴乳，擦乾身體，走出來，穿上衣服，打上領帶，提起公事包。

我原封不動地躺在床上，沒有流下任何懺悔的眼淚。他看了我一眼，說的不是下次見，而是到此為止。

小碧像個學生般地到他的課裡旁聽，坐在最後一排的角落，成為一個不驚動外人但絕對存在的符號，惹惱了尚，然而尚還是不動聲色地講完了課，小碧沒等到他宣布下課就先離開了，尚的震怒從他的雙眼深處射出，另一個不驚動外人但絕對存在的符號：死亡的符號。確實什麼也沒有了。可能也不曾有過。

之後小碧時常在與親朋好友的一場場聚會中感到恍惚，當人們問起「妳最近在忙什麼」這種問題時，小碧常常話回到一半就忘了接下去。為了避免讓他人擔憂起疑，小碧準備了一套演講稿，黑的說得漸漸變白了，死的說得漸漸成活的，最後小碧丟失了對這一段日子動用的知覺，記憶只剩下一些斷續的畫面和語句，不定時會自動跳出來，侵占她的思緒，讓她發出難以被理解的哀嚎或詛咒，它們並沒有特定接收者。

「其實就是那樣嘛，我想妳也明白，不是嗎小碧？」莎莎點起一根菸，往窗外吐去，她在窗台上種的玫瑰花在煙霧裡顫動。

「話是沒錯……」小碧出神地起了個話頭。

「不過……？」莎莎沒什麼耐心等小碧自動接下去。

「什麼？」小碧迷惑地看向莎莎。

「算了，反正啊，其實也沒什麼，我現在回想起我以前——總之就是沒什麼，想再多都沒意義。」莎莎作了結論。

「如果那個時候我讓眼淚流下來——不管眼淚代表什麼意義——事情是不是就會不同了？」

「小——碧——，妳還是沒聽懂我的話。這樣弄得我很煩。」莎莎抽完最後一口菸，把菸頭壓進盆栽的土裡。

「對不起。」

「我知道妳心情不好，但是妳自己不走出去，我們再怎麼勸妳安慰妳都沒用的，大家都很擔心妳。現在妳看起來像個迷路的孩子，但有一天妳會忘記，有一天妳會遇到新的人，有一天妳會覺得妳今天的失魂落魄是個笑話，相信我。」莎莎肯定地說。

「可是……這整件事，跟尚相關，卻不是必然相關。妳明白我的意思嗎，莎莎？」小碧囁嚅地說，有些不敢確定。

「明——白——。我明白。」

小碧看著莎莎，齊肩的絲滑黑髮，淡掃的飄揚的眉，帶點琥珀色的眼瞳，塗上亮色口紅的唇，夾菸的纖細手指，組合成一具飄忽的女體，小碧不禁輕輕讚歎出聲：

「莎莎，妳的美讓人嫉妒。」讓人無處容身。

「只要妳想，小碧，妳也可以跟我一樣。」莎莎聳聳肩，滿不在乎地笑了。

一個夜裡村人聽見回聲幽幽，井水搖蕩歌聲，經過的旅人說老婦就著月光向井裡照看自己的容貌，披垂的長髮滴流著暗紫濃綠鎏金水藻。旅人害怕地別過頭去，快步走進村裡，隔日一早心有餘悸地告訴不曾見過海的村人：那是傳說中的海妖，因為回不了大海而蒼老，吟唱著不祥的詛咒。村人群起前去井邊抓拿，老婦坐在井邊任他們活活打死，卸成數塊丟入河中。鷺鷥降臨，端詳，遲疑，流連，見證屍塊沉河後飛離。

小碧在回家的路上迷了路，走著走著走到了河邊。她在河堤的長椅坐下，河水綠粼粼流過眼前，沒有沙渚的阻隔，不知方位的遠處傳來模糊的琴聲，鎮魂曲式平穩不容抗辯的終結樂，安息吧沒有可是，安息吧不須怨憤，安息吧不宜眷戀無底的井，安息吧飄升到另一個光明開闊的世界，瑪麗亞和莎莎以及其他帶著無與倫比的美迎接妳的馴服，尚以及其他的眼睛清澈而慈悲，孩子妳為什麼要受苦呢？我們不想否認妳的，妳應該明白。我們從來不願意遺棄妳的，妳應該明白。我們更不曾蔑視妳，妳應該明白。只要妳願意長大，來我們的身邊，給我們妳的眼睛，妳就能擁有輕盈的雙翼，滑過海面，朝白熱的日光飛行而不被灼傷，為什麼要如此頑強呢？為什麼要繼續僵持呢？

夜幕垂落，慈悲地蓋起小碧喪服似的臉色。我聽見她哭了，無可奈何的淚流成河，沒有特定接收者，我不知道她還要哭多久，也許就這麼一直下去，也許一會兒就不哭了……細細的月光搖蕩河水，森森透著光的萬千魂靈為不輟的琴聲引領，搖搖擺擺飄掠河面，往西方去。經過小碧的時候，他們輕輕問：親愛的小碧，為什麼要哭泣呢？來我們的身邊，給我們妳的身體，妳就永遠不須長大了。

掛號信，致林貝亞小姐

Mlle LIN, Bei-ya。

貝亞今天早上十點從信箱中取出一張掛號信招領通知單，然後對著自己的名字拼音發了好一陣子愣。

其實她一直在家，郵差連公寓對講機都懶得按，直接判她缺席。通知單上沒注明寄件者，神祕郵件當天下午五時起方可帶著護照到指定的郵局領取。

十點半，貝亞在納悶中心驚肉跳起來，寥寥可數的親故沒一個有理由寄掛號信。她的生日早過了，六月是個離什麼節日都有段距離的月分，總不會是慶祝端午或法國國慶等的賀卡（掛號？），翻來覆去地想（掛號？），貝亞就是想不出任何好事的可能（掛號？）。

十一點，貝亞一口吞下鎮定神經用的黑咖啡，神經卻更加狂躁。她記起一個朋友曾接到不尋常的掛號信，大費周章去郵局領，發現是房東寄來的列數她百大罪狀的萬言書，中心意旨只有一句，萬變歸於其宗掛在信尾：押金沒收。「妳自找的，我很無奈」溢於言表。接下來朋友開始了「間歇性提領掛號信」生涯，法院傳票一張張慎重其事地在郵局等她。貝亞打了個寒顫。

還有六個小時謎底才能揭曉，貝亞翻開行事曆，一一將該做的事畫上了叉。正午的時候貝亞開始相信那真的是一張法院傳票，但跟房租或押金都不相關，一定是因為她兩個月前幹的那件事，貝亞心想，從糾結的腸胃間擠出一聲短促的呻吟。長著細毛的恐懼趁勢入侵。

中年脂肪球婦人發狂似地提高聲量控訴「不公」的成績，萬變藉口歸於其宗：您回絕我無盡付出、丟棄尊嚴守候的愛，|就因為|她年輕貌美。事件的樞紐詩人教授在課堂上按捺住脾氣，努力維持文明教養：|我不想再繼續爭論，出去，否則|我將不會給您任何成績，|我言出必行。婦人：事關我的榮譽（**絕望的愛情！**），我不出去！詩人教授：這堂課的負責人是|我，您已經嚴重干擾課堂秩序（**騷擾我！**），

成績報銷，現在我們（**不包括妳這瘋女人！**）繼續上課。年輕貌美的學生在教室的另一端，嘴角勾起不易覺察的微笑（**妳被棄之如敝屣更加鞏固了我金縷鞋的地位！**）。婦人轉頭對年輕貌美的「無辜」者怒吼：妳摸著良心說，妳出席得有我勤嗎？報告準備得比我仔細嗎？憑什麼跟我拿一樣的分數（**得到比我更多的愛！**）！年輕貌美的臉在眾人面前血色盡失，微微顫抖，更加無辜。詩人教授重拾平穩聲調繼續授課，將婦人的瘋狂失禮排除在外。婦人扭著身軀在眾目睽睽下走到他身旁，換成細細哀憐的語氣：下課後我能跟您談談嗎？詩人教授：不能！婦人回到位子上哭了起來，課程平靜無波地繼續，為數不多的群眾鴉雀無聲，為這場三人戲的爆發驚呆：泰然尊貴的權力中心，年輕貌美的無辜箭靶，絕望發狂的紅眼發箭機。齊發的亂箭射不中泰然尊貴，其實也傷不了年輕貌美，萬箭回返插入其宗：可笑的流血的譫妄的無肉的脂肪組織。

正午三刻，貝亞重新召喚出昨日課堂的事件。當時貝亞的位置在鴉雀無聲裡，低頭盯著自己的筆記本，群眾的庸懦？無聲默許暴力、無辜、或瘋狂？下沉，貝亞感覺自己千斤重般下沉到了地底，撈不到穩固占據意義的詞：憎惡，氣憤，同情，憐憫……最後，一句話浮出貝亞沉甸甸的狀態之上：**我為這「一切」感到噁心與恥辱**。

一點不干貝亞的事，毛毛的恐懼裡竟又摻進了噁心與恥辱，貝亞開始覺得自己有病，什麼樣的外來病毒和細菌都進了她體內，荒謬地變種成了殺不死的癌細胞！

還有四小時，貝亞看了看鐘，正事做不成，至少能將自己餵飽。貝亞開了冰箱，取出番茄、生菜、火腿，把長麵包開膛破肚，盡可能地塞滿。她一張嘴咬，番茄生菜火腿便七零八落地掉了一地，貝亞的沮喪越長越大。

她將要收到一張法院傳票了，世界憑什麼這麼事不關己？番茄、生菜、火腿高興怎樣就怎樣，陽光白辣辣自以為好，一切都理直氣壯地旁觀，像旁觀一場獨角戲：林貝亞小姐在某個六月的早晨收到一張掛號信招領通知單，然後開始發神經，覺得自己將會收到一張法院傳票，傳她開庭覆訊，原告席間泰然尊貴地坐著貝亞想見卻再也見不到的某人。法庭見。

「你們不用審了，我全認了。」貝亞的台詞將會是這麼說的。

三天白燦的日光。這是貝亞對那件事最後總結的印象。

午後二時，迷惘、憂傷從天而降感染了貝亞，糊了的腦袋裡一切被化約為三天白燦的日光，光不度水成紋，貝亞既枉且自地犯了罪。

事後貝亞在電視上看著重播的老電影，維斯康堤的伯爵夫人在悶熱的馬車裡擦著汗，老套！貝亞恨恨地關上電視，熄燈準備睡覺，幾分鐘後卻禁不住在黑暗裡又按下了開關，伯爵夫人在輕蔑的嘲笑聲裡被轟出了門。八股！貝亞又關上電視。幾分鐘後伯爵夫人面色灰敗地在維洛那的夜裡遊蕩，突然又瘋了似地奔跑尖叫，槍聲一響，貝亞對著花體字幕感覺被槍殺的是自己。

貝亞主演的電影跟伯爵夫人的不太一樣，只不過臉色同樣灰敗。貝亞想：如果真的見到了，搞不好也是被轟出門吧。

「庭上，我應該表達我的悔恨，可是悔恨這兩個字實在太過安然穩固，我能不能說：我為自己感到噁心與恥辱？」貝亞準備好的答辯詞是這麼說的。

午後三時，貝亞整理出所有出庭時可能用到的證物：電子信件數十封、明信片一張、錄音帶一捲、葡萄酒一瓶、酒釀栗子半罐及其禮物盒與包裝紙。

「庭上，這些是我僅有的，我曾寫過的信件底稿已在我一念之間被全數刪除，我不記得我寫過了什麼。是，對方並沒有准許我，但當時我認為親自將誤會解釋清楚是一件正當的事，我也曾事先知會對方。是，我等了三天，的確是在沒有收到回答的情況下莽撞地前往。之後的三天裡，是，對方指控的一切我都承認，除此之外我在城裡遊蕩了三天，坐在廣場邊看完了一本小說，之後是一份講義，然後開始了另外半本小說，接著在車站候車室裡等了一個下午，睡睡醒醒，天黑後上月台等夜車到站。」貝亞將會這麼交代事件始末。

「你們不用審了，我全認了。槍決我吧。」

午後四時，貝亞焦躁起來，廢棄了之前設想的所有證詞，回到原點。電影裡槍聲倒響得痛快，怎麼樣都比自己萬病齊發病死得好，貝亞暗想。

「什麼心態？庭上，我能不能夠不要回答這個問題？這無助於判決結果。我的確是在對方答錄機裡留了五通留言，如果庭上還想知道的話，我事實上是每隔兩小時左右將小說告一段落就在城裡找電話打，是，我知道對方不在，只不過那三天我唯一能做的事就是等待。我也的確在最後一天早上按著地址去了對方辦公室，是，對方的辦公室鎖著，於是我問了祕書。眼淚？那是因為語言不通的挫敗，我猜想祕書一連串地說著她不清楚，但我只是想請問她要怎樣才能知道對方何時度假回來，她怎麼詮釋我的舉動我無法預料。是，最後我的確寫了一張紙條塞進對方辦公室的門下，內容？我想不起來了，庭上可以自行參照對方提供的證物。我可以再補充的是，我事實上更惡劣地按地址步行了兩回到對方家門，在對方停在路邊的汽車旁的花牆上坐了兩個小時左右，我做了什麼？我看了一篇關於繪畫中「毀形」的論文節錄，論文內容跟事件應該沒有直接關係，但庭上若想知道的話，我大致可以這麼說：論者以為某前文藝復興時期的畫家在處理正統宗教畫題材時意識到耶穌復活後已非可觸可形之肉身，於是在呈現此事時在背景運用了「毀形」、使「不相似於真實」的手法來暗示這「不可言」、「不可畫」的神祕場景……我不知道我當時是什麼心態，庭上，即便您堅持，我也不知道該怎麼回答。但是我能回答您最後一個問題，是的，我確確實實記得回家後遲收到的、對方最後回信的內容：我沒有邀請妳過來。那表示不管妳決定何時，都沒有權利干擾我的生活。我不容忍妳這樣的騷擾與迫害。當我說故事結束，那就表示故事結束。別來。什麼感覺？庭上，對方早就未審先判了，你們其實也不用審了，我全認了。槍決我吧。」貝亞完成了最後的沙盤推演。午後五時正。

貝亞從郵局窗口領出掛號信：台端申請本會民國九十一年「法國進修獎學金」案，經評審結果，同意補助新台幣壹拾貳萬元整，請　查照。

區公所前廣場正舉辦著為期十天的兒童鄉村體驗節，一端擺著色彩鮮豔香蕉樹圖樣的大型充氣溜滑梯，兒童高興地在上頭彈跳、尖叫、滑行；另一端則蓋起一幢幢小木屋，木屋的外頭圈出三兩圍欄，大人小孩圍繞著看。貝亞穿越一排排優閒坐在長椅上看人的本區居民的時候，回頭望了一眼柵欄裡無奈跪坐著的牛兒、羊兒、騾兒們，他們的尾巴有一搭沒一搭地揮掃著夏日的蒼蠅，骨碌碌的濕潤大眼則不知道看進了什麼景象。

九歌文庫 1273

前夏之象

作者　周丹穎
責任編輯　羅珊珊
創辦人　蔡文甫
發行人　蔡澤玉
出版發行　九歌出版社有限公司
臺北市105八德路3段12巷57弄40號
電話／02-25776564・傳真／02-25789205
郵政劃撥／0112295-1
九歌文學網　www.chiuko.com.tw
印刷　晨捷印製股份有限公司
法律顧問　龍躍天律師・蕭雄淋律師・董安丹律師
初版　2017年12月
定價　260元

書號　F1273
ISBN　978-986-450-162-5（平裝）
（缺頁、破損或裝訂錯誤，請寄回本公司更換）

國家圖書館出版品預行編目資料

前夏之象 / 周丹穎著. -- 初版. -- 臺北市 :
九歌, 民106.12

面 ;　公分. --（九歌文庫 ; 1273）

ISBN 978-986-450-162-5（平裝）

857.63　　　　106021088